小料理のどか屋 人情帖11

倉阪鬼一郎

二見時代小説文庫

心あかり――小料理のどか屋人情帖11

目次

第一章　茸雑炊《きのこぞうすい》

一

「気をつけなよ、千坊《せんぼう》」

檜《ひのき》の一枚板の席から、隠居が声をかけた。

「指を切ったりしないようにね」

隣に座った人情家主の源兵衛《げんべえ》が気遣わしげにのぞきこむ。

ここは岩本町《いわもとちょう》。

小料理のどか屋の厨《くりや》では、二代目の千吉《せんきち》が包丁を握っていた。

と言っても、まだ小さいわらべだ。大きな包丁を操ることはできない。父の時吉《ときち》が両手を添えて、ほとんどおのれの力で動かしていた。

「もういいでしょう？　千ちゃん。おとうのお仕事の邪魔になるから」

おかみのおちよが言うと、かむろの髪がふるりと揺れた。

「もうちょっと」

なかなか母の言うことを聞かない。

「我《が》が強くなったものだね。これでのどか屋も安心だ」

隠居の大橋季川《おおはしきせん》が温顔をほころばせた。

季川は俳人で、おちよの俳諧《はいかい》の師に当たる。のどか屋一のありがたい常連だ。

「わらべってのは、ちょっと見ねえうちに大きくなるな。もうじき三つかよ」

「早いもんだね。前は泣くばっかりだったのによ」

「いっちょまえに『もうちょっと』なんて言いやがる」

「ずいぶん言葉が増えてきたなあ」

座敷に陣取った職人衆が口々に言った。

檜の一枚板に、小上がりの座敷。小人数の祝いごとしかできない小体《こてい》な構えだが、今日ものどか屋は千客万来《せんきゃくばんらい》だ。

父親が厨で巧みに料理をつくるさまを見ていた千吉は、わが手で包丁を握ろうとしばしばぐずるようになった。生まれつき左足が曲がっていて歩くのにも難儀をするのだが、その不自由な足を引きずって厨に入り、勝手に包丁をつかんだりするから、ときどきうろたえさせられる。

「なら、あと二切れだ。おとうはほかの料理もつくらないといけないからな」

時吉がそう言い聞かせると、

「うん」

千吉はあどけない顔でうなずいた。

父が手を添えて切っているのは蒲鉾《かまぼこ》だった。魚をおろしたりするのとはわけが違う。これならいくらか曲がっても大丈夫だ。

どこかで買ってきた蒲鉾ではない。白身魚に山芋などをまぜてよくすり、酒や塩などで味を調え、厨でじっくりと蒸しあげた手づくりの蒲鉾だ。ぷりぷりした歯《は》ごたえのあるできたてのものは、まだあたたかみが残っている。これを山葵醤油《わさびじょうゆ》に、ちゅ、とつけて食せば、こたえられない酒の肴《さかな》になる。

「はい、一切れ」

「よく切れたね」

季川と源兵衛が千吉に声援を送る。

源兵衛は岩本町の人情家主だ。困っている店子《たなこ》からは店賃《たなちん》を取らず、たつきの道が立つように心を配る情に厚い男だった。

「よし、これで終わりだ。また暇ができたらな」

時吉はそう言って、わが子の頭をなでてやった。

「よくできたね、千ちゃん。こっちへ来て、猫さんたちにちょいと猫じゃらしを振っておやり」

やさしい母の顔で、おちよが言った。

棒に赤い紐《ひも》と鈴をつけた手づくりの猫じゃらしを渡す。

「はいっ」

と、元気よくひと声かけて千吉が猫じゃらしを振ると、のどか屋の猫たちがわらわらと集まり、我先にとじゃれはじめた。

茶と白の縞《しま》模様のある、いちばん年上の守り神がのどか。その娘で、同じ柄でしっぽが短くて曲がっているのがちの。同じくのどかの娘で三毛猫がみけ。ちのが産んだ子で、背に黒っぽい縞が入っている白猫がゆき。いまののどか屋には猫が四匹もいる。

みんな雌猫だから、子猫がどんどん増えていく。そのままにしておくと猫だらけになってしまうところだが、案じることはなかった。

（のどか屋の猫は福猫だ。あそこの子猫をもらうと福がつくぞ）

　幸いにもそんな評判が立ったから、岩本町ばかりでなく、江戸のほうぼうから「子猫をください」と訪れる者が現れるようになった。

　おかげで、子猫は次々にもらわれていった。ほうぼうに縁ができることで、のどか屋はますます繁盛するようになった。評判を聞きつけ、遠方から足を運んでくれる者が増えたからだ。

「ほら、千ちゃん、もっと高いところで振っておやり」

　おちよが手本を示す。

「うん。……にゃっ」

　妙な手つきでわらべが猫じゃらしを振ると、孫までいるのどかが真っ先に飛びついた。守り神はまだまだ気が若い。

「上手だな、千坊」

「動かし方がさまになってるぜ」

　職人衆がはやす。

　おのずと見世《みせ》じゅうに和気が満ちた。

　それに合わせるかのように、厨から香ばしい匂いが漂ってきた。

「秋らしいものが出そうだね」

隠居が声をかける。

「茸《きのこ》だな」

人情家主が覗きこむ。

「今日は王子《おうじ》のほうからいい茸がたくさん入ったもので」

時吉はそう答えて、まず初めの肴を出した。

「お待ち」

時吉が差し出したのは、しめじの二色《ふたいろ》盛りだった。

中に仕切りのある小皿に、しめじ料理がのっている。

二色盛りと言っても、うち見たところ、色合いに違いはなかった。

「なるほど。つくり方を変えているわけだね」

隠居がうなずく。

「ええ、二色のつくり方をしています。茸というものは、二つ三つと合わせていくとそれぞれのうま味が引き出されてなおさらおいしくなるんですが、一つの茸でも、つくり方を変えて合い盛りにすると格段においしいんです」

時吉がそう講釈すると、たまらんとばかりに座敷から手が挙がった。

「おーい、早くおいらにもくれ」

「いけねえ。よだれが出てきた」

「酒が肴を待ってるぜ」

職人衆が口々に言う。

「はいはい、ただいま」

おちよが厨から皿を運びだした。

しめじの一色目《ひといろめ》は炒《い》ったものだ。石づきを落とし、食べよい大きさに分けたしめじを、酒と醬油《しょうゆ》で炒りつける。酒と醬油を合わせて煮立ててからしめじを加えると、より味がなじむ。

二色目は含め煮だ。こちらはしめじをさっとゆでておくといい。だし汁に酒と醬油を加えて煮立て、しめじを入れてじっくりと煮含めていく。仕上げに生姜《しょうが》汁を加えると、味がぐっと締まる。

「どちらもうまいねえ」

隠居がうなった。

「箸が迷うよ」

家主がしぐさで示した。

「雑炊《ぞうすい》もできてますので、頃合いを見てお声をかけてください」

時吉が言った。

「そりゃ、いいな」

「座敷にくれねえか」

「茸雑炊を……」

職人の一人が「頭数《あたまかず》だけくれ」と注文しようとしたとき、のれんがふっと開いた。

「おいらにもくれ」

やにわに入ってきた客が割って入る。

湯屋のあるじの寅次《とらじ》だった。

二

「いい味が出てるね」

岩本町の名物男は、一枚板の席で雑炊を食すなり、顔をほころばせた。

一軒だけある湯屋には、町の衆がみな通う。その番台に座っている寅次の耳には、おのずといろいろな話が入ってくる。もともと話し好きのお祭り男だ。町に何か事があると、寅次の口からあっと言う間に伝わるのが常だった。

「いろんな茸がまざってるのがいいんだな。うまいよ」

隣の源兵衛もうなずく。

「茸は三つまぜてやると、格段においしくなるんです」

厨から時吉が重ねて言った。

「この雑炊は、しめじと椎茸《しいたけ》と……」

隠居が椀を見ながら指を折る。薄口醤油を用い、仕上げに三つ葉を散らしたあっさりした色合いだから、黒塗りの椀がよく映《は》える。

「平茸《ひらたけ》です」

「ああ、平茸か」

隠居は軽くひざを打った。

「茸の風味をこわさねえような味つけだねえ」

「おめえ、そこがのどか屋だよ」

「ほっこりしてうめえや」

座敷の職人衆からも声が飛ぶ。

「これ、猫さんをいじめちゃいけませんよ」

おちよが千吉をたしなめた。

「しっぽ、しっぽ……」

わらべは上機嫌だが、猫たちにとってはとんだ災難だ。しっぽをつかまれまいとしてわっと二階のほうへ逃げだしたから、のどか屋に笑いがわいた。

「ああ、そうそう、忘れてた」

茸雑炊を食べ終えた寅次が、箸を置いて言った。

「明日あたり、年季の入った料理人がここをたずねてくるかもしれないよ」

時吉に向かって言う。

「と言いますと？」

「今日、うちへふらっと来てね。この町で料理人を雇ってくれるところはないか、って訊くんだ」

「うちはもう間に合ってますけどねえ」

おちよが先に答える。

「おいらもそう思ってね。先に『小菊《こぎく》』を紹介してやった」

小菊は寅次の娘のおとせと、その亭主の吉太郎《きちたろう》の二人で切り盛りしている見世だ。変わり寿司とおにぎりが評判を取ってずいぶん繁盛しているようだが、持ち帰りがもっぱらで、見世の間口《まぐち》は広くない。

「でも、あそこの厨に二人は入れないでしょう？」

おちよはややいぶかしげな顔つきになった。

「いや、そうなんだがね、おかみ」

ついと盃を干すと、湯屋のあるじは続けた。

「ありがてえことに、寿司が売れるもんだから、だれか人がいれば振り売りもできるのにって娘が言ってたもんでね。その料理人さんが困ってるのなら、どうかと思って声をかけてみたんだ」

寅次はそう言って首をひねった。

「その料理人さんはいくつくらいの人だい？」

隠居がたずねた。

「それがもうかなりの歳で、見たところ五十はいってそうでした。髷《まげ》もだいぶ細くなっていて」

寅次は頭に手をやった。

「その歳で振り売りはきつかろうよ」

「わたしにやれって言われても遠慮しますな」

源兵衛がわが胸を指さした。

「かといって、うちに来ていただいてもねえ」

と、おちよ。

「もし見えたら、師匠のところに案内するか」

鱚《きす》の風干しを焼きながら、時吉が言った。

三枚におろした鱚の身は、味醂《みりん》、醬油、酒を合わせたものに四半刻《しはんとき》（約三十分）ほどつけておく。ときおりまぜて味をなじませてやるのが骨法《こつぽう》だ。

これを金串に刺し、紐を使って吊り下げて風干しにする。猫にやられないように、跳んでも届かないところへ干すのものどか屋ならではのやり方だ。

それでも、おいしいものを取ろうと思って、猫たちはあきらめるまでぴょんぴょん跳ぶ。よろずにそんな調子だから、食い物屋の猫にしては、のどか屋の猫たちはみな体が締まっていた。

こうして一刻半ほど風干しにした鱚を、少し焼き目がつくまで焼けば、ほおが落ちそうな酒の肴になる。

「そうねえ。おとっつぁんのところも、若い人ばっかりだけど」

おちよの父の長吉《ちようきち》は、浅草の福井町《ふくいちよう》で長吉屋を営んでいる。そこで修業を積んだ弟子には「吉」の一字を与えてのれん分けさせるのが習わしになっていた。

おちよと縁あって結ばれた元武家の時吉も、師匠の長吉から一字をもらった。その師のところへ連れていくのがいちばんだろうが、たしかにおちよの言うとおり、あまり年配の料理人はいない。

「ま、なんにせよ、こっちへ顔を出したら話をして、よろしくやっておくれよ。……おっ、来たね」

岩本町の名物男は、鱚の風干しの皿にさっと手を伸ばした。

「おーい、おいらにもくれ」

「匂いだけじゃ殺生《せっしょう》だぜ」

座敷の職人衆が所望《しょもう》する。

「はいはい、ただいま」

おちよがばたばたと動いた。

そのうしろを、おぼつかない足取りで千吉がついていく。ひと目見ただけで顔がほころぶような光景だ。

その後も時吉は、次々に料理をつくった。

しめじの網焼きは、薄めの塩水につけてさっと洗った茸を強火で焼く。香ばしく焼けたところで、酒と醬油をふりかけていただく。これだけで存分にうまい。

薄切り野菜の煎餅《せんべい》は、千吉もお気に入りの品だ。酒の肴にももってこいだが、身の養いにもなる。

蓮根《れんこん》と甘薯芋《かんしょいも》は薄い輪切りにして水にさらし、あくを抜く。それから十分に水気を切っておく。

秋の味覚の栗は、まず水につけておき、鬼皮《おにかわ》がやわらかくなったら包丁でむく。続いて渋皮《しぶかわ》もむき、ほかの野菜と同じように薄く切って水にさらしてからふきとる。

あとは油でからりと揚げる。粉はいらない。ただ揚げるだけでいい。

あつあつの野菜煎餅は、塩を振って食す。野菜の甘みを引き出す塩だけでいい。ほかには何もいらない。

「ぱりっとして、うまいね」

隠居が栗の煎餅をほめた。

「甘薯もいけますよ」

人情家主が和す。

「おっ、千ちゃんは『あなあな』だな」

おちよから好物をもらっている千吉を見て、湯屋のあるじが笑った。

あなあな、とは蓮根のことだ。わらべは穴だらけの蓮根をそう呼ぶ。蓮根煎餅は千吉の大の好物で、さくさく音を立てて喜んで食べるのが常だった。

「それにしても、うめえなあ」

「身の養いにもなりそうだぜ」

「ただ揚げてるだけなのに、なんでこんなにうめえのかねえ」

「酒がすすむぜ」

座敷の職人衆がなおさらにぎやかになった。

好評に気をよくして、時吉はなおも厨で手を動かした。

次は小茄子《こなす》の網焼きだ。火がよく入るように菜箸《さいばし》で茄子の身に細かく穴をあけておき、胡麻油を塗った焼き網でじっくりと焼く。仕上げにもう一度胡麻油を塗るのがきめ細かな仕事だ。

削り節を振っておろし生姜《しょうが》を添え、醬油をかけて食べてもむろんうまいが、時吉はさらに技を使った。

味噌と味醂を合わせて鍋に入れ、とろりとしてきたところで生姜汁を加える。これを焼きたての茄子にかけると、ひと味違う絶品の肴になる。

「うめえ」

「ただの茄子がこうなるかよ」

た。


「化けるもんだねえ」

職人衆は口々にうなった。

さらに、海の二色揚げを初めて披露した。

鯛《たい》は捨てるところがない。あらだきも美味だが、皮だけを使う料理を時吉は工夫した。

今日は甘鯛の皮を用いた。まず、うろこを引いた甘鯛の皮の裏に玉子の白身を塗りつける。

そこに海苔《のり》を貼り合わせる。これをからりと揚げ、食べよい大きさに切り、塩を振っていただく。

「次々に考えるもんだねえ、時さん」

隠居がうなった。

「うちは小料理ですから、小さい料理をあれこれと思案しなければなりませんので」

「海の二色がよく響き合ってるよ」

家主が和せば、

「うまい！」

と、湯屋のあるじがひと声あげた。

その拍子にふっとのれんが開き、一人の若者が入ってきた。

寅次と面差《おもざ》しがよく似ている。湯屋の跡取り息子だ。

「そろそろ、角《つの》が」

息子が頭から角が生えるしぐさをしたから、見世じゅうの客がわいた。しぐさが面白かったのか、千吉まで笑う。

「分かったよ。帰ればいいんだろうが」

名残《なごり》惜しそうに盃を干すと、寅次は腰を上げた。

「あっ、そうそう、おとっつぁん。あのお客さんが来て、今夜は安い旅籠《はたご》に泊まると」

「あのお客さんじゃ分からねえよ」

「料理人の御用はないか、と湯屋に入ってきた人だよ」

「そうかい」

寅次は短く答えると、時吉のほうを見た。

「なら、来たら頼むよ」

「承知しました」

「うちが無理でも、長吉屋を紹介しますので」

おちよが笑顔で答えた。

第二章　小判焼き

一

　ただでさえ繁盛している見世だ。昼のかき入れどき、のどか屋は大変なにぎやかさになる。

　手が追いつかないから、かつては昼だけお運びの娘を雇っていたことがあったが、いまはおかみのおちよだけだ。どうしても手が足りなくなってしまう。

「千ちゃんも、千ちゃんも……」

　けなげにも千吉が手伝おうとするのだが、足が悪いのに重い膳などを運ばせたら、いくらひっくり返すか知れたものではない。

「千吉はいいから、おんもで遊んどいで」

あまりの忙しさにおちよが邪慳《じゃけん》にすると、わらべがわっと泣き出す。

「泣くこたぁねえや」

「おいちゃんが、千坊の代わりにやってやるからよ」

気のいい客が必ずだれか手を挙げて運んでくれるから、危うい綱渡りだがどうにかやっていけた。

「相済みません、運び手が足りないもので」

おちよがわびる。

「猫の手を借りたらどうだい」

「そいつぁいいや」

「あの子らは役に立ちませんで」

おちよは二階に通じる階段のほうを見た。

猫は臆病な生き物だから、入れかわり立ちかわり客がのれんをくぐってくる昼どきはおおむねそちらのほうへ逃げている。人が上がってこない階段に四匹の猫が互い違いに陣取って、安楽に寝そべっている姿ものどか屋ならではだ。

「はい、おあと、お膳を三つ」

おちよが声をからして告げた。

「はいよ」

厨で時吉がせわしなく手を動かす。

昼にわっと押し寄せてくる客にそれぞれの品を注文されてもさばききれないので、かき入れどきは日替わりの膳をこしらえている。数を伝えればすぐ按配ができるから、これなら好都合だ。

「お待ち」

おちよの手がふさがっているときは、時吉が厨から運ぶ。

「おっ、来たぜ」

「おめえの分も配ってやらあ」

「はいよ」

客の手から手へ膳が渡ったりすることもしばしばだ。

狭い町だから、客はみな顔なじみだ。たまに喧嘩をすることはあっても、すぐ水に流して、手から手へとうまそうな膳が渡っていく。

今日の膳は、茸の味ごはんだった。

先だっての茸雑炊と同じく、三つの茸を使う。こたびの取り合わせは、しめじと舞《まい》茸《たけ》と平茸だ。

茸とともに炊き合わせるのは油揚げだった。

食べよい短冊切りにした油揚げは、この味ごはんにかぎっては油抜きをする必要がない。平たい鍋《いた》で炒めると、揚げから出た油をちょうど使うことができるからだ。油が出たところで、茸を炒め合わせ、塩で味つけをする。少し焦げ目がつくほどしっかりと炒め合わせるのが骨法だ。

味ごはんだから水ではなく、だしに醬油と味醂を加えたもので炊く。お焦《こ》げが香ばしいから、底がほどよく焦げるほどの火加減で炊いてやる。ささがきの牛蒡《ごぼう》を加えてもうまい。

炊き上がった味ごはんには、三つ葉を散らして彩《いろど》りと香りづけにする。さらに、仕上げに黒胡椒《こしょう》を振る。このひと振りで味がぐっと締まる。

大きな釜で炊いた味ごはんを丼《どんぶり》によそい、汁と香の物をつけた膳にする。日替わりの膳は何か、おちよが師匠ゆずりの達筆でしたためた貼り紙を表に出してあった。

今日の汁は、しじみの吸い物だ。

ていねいに洗い、ひと晩水に浸けて砂を吐かせておく。鍋でだし汁を煮立て、酒と塩で味を調える。

貝の口が開いたところを見計らって、軽くかきまぜてやる。こうすると身が殻から外《はず》れやすくなるからだ。

　香の物は、割り干し大根の醤油漬けにした。

　味ごはんの油揚げと同じ短冊のかたちだが、かめばぱりぱりと音がする漬物は食べ味が違って恰好の箸休めになる。切り昆布と赤唐辛子の輪切りをあしらった小鉢は、昼の部が終われば酒の肴に早変わりだ。

「お代わり、まだできるかい、おかみ」

　昼は土間に茣蓙《ござ》を敷いて、一人でも多くのお客さんに入ってもらうようにする。雨でなければ、表には長床几《ながしょうぎ》も出す。

　そのほうぼうから声が飛び、手が伸びてくる。

「はい、できますよ」

「おいら、汁を頼む。しじみがいいだしを出してて、うめえのなんのって」

「こっちは飯をもう半分」

　膳は一つに決めておいても、客はてんでに勝手な注文をするから、さばくほうは合《かっ》戦場《せんば》みたいなありさまになる。

　そんなどたばたした昼ののどか屋に、一人の見慣れぬ客が入ってきた。

「いらっしゃいまし。こみあっていて相済みません」

おちよが声をかけた。

五十がらみとおぼしい客は、いくらか驚いたように見世の中を見回した。

「おう、ここ空くぜ」

座敷の奥で、二人の大工衆がさっと手を挙げた。

だいぶしおたれた桑染《くわぞめ》の着物をまとった男は、黙ってうなずいて奥へ進んだ。

影の薄い客だったから、おちよも時吉もさして気にはとめなかった。見世ののれんをくぐるのは常連だけではない。ふらりと通りかかり、いい匂いに誘われて入ってくる一見《いちげん》の客もいる。そのいちいちを憶えるのは無理な注文だった。

だが、その客はいやでも思い出した。

味ごはんがなくなってかき入れどきが終わり、ひと息ついたころ、同じ顔がまたのれんをくぐってきたからだ。

二

「ああ、湯屋の寅次さんから聞いていますよ」

時吉が言った。

「恐れ入ります。ずいぶんとはやっていたもので、出直してまいりました」

古参の料理人はていねいな言葉づかいをした。

「お名は？」

「信次《しんじ》と申します」

そこで隠居が姿を現した。ともにのれんをくぐってきたのは、萬屋《よろずや》のあるじの子《ね》之吉《のきち》だった。実直なあきないの質屋として、町内で頼もしがられている男だ。

料理人の信次、隠居の季川、質屋のあるじの子之吉が一枚板の席に並んで座った。

飯から酒へなだれこむ客もいる。座敷にはなじみの大工衆が陣取っていた。普請の仕事にひと区切りついたから、今日は腰を据えて呑むかまえだ。

「まま、一杯」

客のだれとでも打ち解ける隠居が徳利を手に取った。

「恐れ入ります」

信次が猪口《ちょく》で受ける。

「どちらで料理人をやっておられたんですか？」

片付け物をしながら、おちよがたずねた。

「どちらで……ってことはねえんですが」

いくらかあいまいな顔つきで、信次は答えた。

「ほんの一時《いっとき》、見世を持ってたことはあります。ですが、根が落ちつかねえほうで、よそにはもっといろんな料理があるだろう、見たこともねえ食材があるだろうと思うと、『こうしちゃいられねえ』と思っちまうたちでね」

古参の料理人は、そう言ってやや苦《にが》そうに猪口の酒を干した。

「そうすると、諸国を渡り歩いてこられたんですか？」

水洗いを終えた秋刀魚《さんま》の皮を引きながら、時吉が問うた。

黙ってうなずき、信次はふところに忍ばせてあったものを取り出した。

さらしを解《と》くと、刃が見事に研ぎ澄まされた包丁が現れた。この包丁一本をさらしに巻いて、信次はさまざまな土地を渡り歩いてきたらしい。

「質草にもなりそうな品ですね」

まじめなあきないをしている子之吉が覗きこんで言った。

「美濃《みの》の関《せき》で名人につくってもらった品でさ」

「ほう、孫六《まごろく》だね」

と、隠居。

「さようです。命の次に大切なものですよ。ただ……」

「ただ？」

「こいつがあったせいで、この歳になるまでふらふらするばかりで、とうとう野垂れ死にが見えてきましたよ」

ほおがこけた料理人は、そう言って渋く笑うと、また包丁をさらしに巻いてふところにしまった。

「おかあ、おかあ……」

千吉がおちよにまとわりつく。

「おかあは洗いものがあるからね」

「千ちゃん、たこあげする」

「たこあげはお正月にやるものよ」

「たこあげ、たこあげ……」

千吉はぐずって言うことを聞かない。このところはよろずにこんな調子だ。

「なら、おいちゃんがあとでやってやるからよ」

座敷の客が気安く言った。

「たこはどうするんだい」

「紙と糸がありゃ、さっとつくれるさ」

「でしたら、相済みませんが、あとでよろしゅうに」

子守りにもなかなか手が回らないおちよが頼んだ。

「お安い御用だ。その代わり、うめえ肴をくんな」

「いい秋刀魚が入ったそうじゃねえか」

「茸もいいけど、秋はやっぱり秋刀魚だぜ」

座敷の大工衆の声に応えて、時吉はまた次々に肴を仕上げていった。

まずは秋刀魚の造りだ。

先ほど皮を引いた秋刀魚を酢洗いし、細切りにしておろし山葵を添えてお出しする。

活きのいい秋刀魚でなければできないひと品だ。

座敷ばかりでなく、むろん一枚板の客にも供した。

「こりこりしてて、うまいね」

隠居が笑みを浮かべた。

「山葵をいくらかのせて醬油につけて食べると、こりゃあこたえられませんね」

子之吉も和す。

信次も食すなりうなずいた。

一応のところは意にかなったようだが、いくらか首をひねったのを時吉は見逃さなかった。

「何か足りませんでしょうか」

すかさず問う。

「秋刀魚は結構で、塩と酢の締め具合もこれくらいでよござんしょう」

いったん箸を置き、信次はさらに続けた。

「ただ、盛り方にちょいと華がねえような気がしまさ。笠間《かさま》の素焼きも悪かねえんだが、白い鉢のほうが映えましょう。それに、彩りが足りねえ。おろし山葵の青みだけじゃあ、せっかくの秋刀魚が泣きまさ。防風《ぼうふう》の赤みなんぞがあしらわれていたら、鉢の中の景色がぐっと締まるんですがね」

「防風ですか。ちょいとそれは入っていないもので。焼き物なら、杵生姜《きねしょうが》などで赤みをつけられるんですが」

そう答えながら、時吉は思った。

これまでも、さまざまな料理人と出会ってきた。食うか食われるかの味くらべの戦いをしたこともある。

この古参の料理人も侮《あなど》れない。尾羽《おは》打ち枯らしたような姿だが、いままでに貯えてきた料理の知識はおのれの比ではないだろう。

「いや、初手からけちをつけるようで、相済まねえことで。どうかお気になさらず、どんどん料理を出してくださいまし」

信次は身ぶりをまじえて言った。

その手をちらりと見るだけで分かる。諸国を渡り歩き、あまたの厨で包丁を操ってきた料理人の手だ。

「承知しました。秋刀魚は昨日から仕込んだ品もありますので」

きりっと締まった顔で答えると、時吉はさっそく次の肴を仕上げた。

仕込んでおいたのは、秋刀魚の南蛮漬けだった。

秋刀魚は三枚におろし、半分に切っておく。その身に小麦粉をまぶし、油でじっくりと揚げる。

あつあつの揚げたての秋刀魚を、合わせ酢に浸ける。だしに酢、煎酒《いりざけ》などを按配してつくるのどか屋の「命のたれ」、それに味醂と塩で味を調えて煮立てた合わせ酢に浸け、ひと晩おいて味をなじませておく。

「お待ちどおさま。秋刀魚の南蛮漬けでございます」

時吉はややかたい顔つきで鉢を出した。

常連の評判は、この品も上々だった。

「秋刀魚って言やあ、おれらは七輪で焼いて食うだけだがよ」

「さすがにのどか屋は違うね。南蛮の味がすらあ」

「おめえ、行ったことがあるのかよ」

「あってたまるかい。……おっ、千坊、こっちへ来な。おいちゃんと、にらめっこをやろう」

大工の一人が千吉に両手を伸ばした。

「結構な味だと思うんですが、信次さんはいかがなもので？」

隠居が少し前かがみになってたずねた。

「醤油は薄口のほうがよござんしょうが、ま、そのあたりは好みの違いかもしれません」

信次は一つ空咳《からぜき》をしてから続けた。

「ただ、さっきの造りと一緒で、やっぱり華が足りねえような気がします。細切りにした人参や、さっとゆでた榎茸《えのきだけ》なんぞとともに浸けて、秋刀魚の上に盛ってやりゃあ、彩りもかみ味も違って格段によくなったんですがねえ」

「うちはこういう飾り気のない料理をお出ししているので」

おちよがいささか不満げに口をはさんだ。

「おかみの言うとおりで。これで十分うめえじゃねえか」

「あんた、けちをつけに来たのかよ」

「大層なことを言うんなら、腕前を見せてもらおうじゃねえか」

ちょいと短気なところのある大工衆が、信次に向かって言った。

「厨を貸してもらえるのなら、いくらでもやらせてもらいますが」

半ばは時吉に、半ばは座敷の客に向かって、信次は言った。

「承知しました」

時吉はすぐさま答えた。

諸国で修業を積んできたこの料理人が、どんな腕を披露してくれるのか見たいと素朴に思った。

「つみれ汁の仕込みを終えたら、こちらへ回っていただきましょう」

「よございます」

信次はうなずくと、包丁を収めた胸のあたりを軽くたたいた。

三

秋刀魚のつみれのたねの仕込みはひと区切りついた。

三枚におろした秋刀魚は、腹骨と皮を取って細かく刻んでいく。粘り気が出てきたらすり鉢に入れ、ほかの材料とよくまぜあわせる。

加えるのは、赤味噌に玉子の黄身、おろした山芋、葱《ねぎ》の白いところのみじん切り、それに薄口醬油と生姜汁だ。これで魚の臭みが取れ、口当たりがまろやかになる。

「生《い》け簀《す》には甘鯛も入ってますので、どうぞお使いください」

古参の料理人を立て、時吉は腰を低くして言った。

「なら、若狭《わかさ》焼きにいたしましょう。本場の若狭で覚えた絶品です。出来上がりまでに時はかかりますが、そのあいだにべつの品をつくればいいでしょう」

信次はすっかり料理人の顔になっていた。

「存分にお願いします」

時吉は頭を下げた。

「へい」

短く答えると、信次はさっそく鍛えの入った腕を披露しはじめた。

魚をさばく前に、料理人はまず若狭地をつくった。

だし汁、酒、薄口醬油、味醂、それに一寸あまりに切った昆布を入れる。

「こうやって、半刻ほど置くと、いい感じに味がなじむんで」

そう説明すると、信次は生け簀からやおら甘鯛を取り出し、鮮やかな手つきでさばきはじめた。

鱗《うろこ》をつけたまま、えらとわたをまず除く。頭を落として三枚におろす。

どれも息を呑むほどの動きだった。早くて仕上がりもきれいだ。

さらに腹骨をすき取り、塩をまんべんなく振っていく。

「これも半刻ほど置きまさ」

信次が手つきで示した。

「それからあぶって出来上がりかい？　ずいぶんと待たせるじゃねえか」

大工衆の一人が言った。

「いや、まだまだその先に段取りがあるんです」

信次は鼻で笑った。

「塩が身に回ったら、血合いを抜いて、若狭地で洗って水気をふきます。それから、かまに串を刺して、一刻半ほど陰干ししてやると、ぎゅっと味が締まるんで」

「一刻半だって？」

「それじゃ、日が暮れちまうじゃねえか」

「大工《でえく》は朝が早《はえ》えんだ。そんなに待てるかよ」

「そもそも、そんなに呑んでたらつぶれちまうぜ」

「なんでえ、仕込みを見ただけで終わりかよ」

　座敷の客から不満の声があがる。

「うまいものは、仕上がるまでに時がかかるもんで」

　信次がそう答えたから、時吉は「おや」と思った。

　少なくともおのれであれば、まずもって「相済みません」と謝るところだ。

「わたしもそんなに待てないから、何かおいしいものをつくってくださいまし」

　背筋の伸びた質屋が穏やかな顔つきで言った。

「承知しました。なら、玉子を使わせてもらいましょう」

　信次は時吉に向かって言った。

「どうぞ。何か変わった料理でしょうか」

「いや、出し巻き玉子で。簡単そうで腕の違いが出る品ですから」

信次はぽんと一つわが腕をたたいてみせた。

今日はいい玉子が入っていた。それを次々に割って鉢に入れていく。これだけでも銭が取れそうな、水際《みずぎわ》立った手つきだった。

割った卵は、細い箸をさっさっと切るように動かしながら溶きほぐしていく。麺のこしについてはよく言われるが、玉子にもこしがある。あまりまぜすぎてはいけない。せっかくのこしがなくなってしまう。白身がところどころに残るくらいでいい。

これにだし汁を加える。

味醂と薄口醬油、それに塩を入れてよくかきまぜただし汁と玉子を合わせたら、いよいよ焼きだ。

「ほう」

隠居が思わずため息をもらした。

菜箸を使って、玉子汁をいくたびかに分けて平鍋に流しこみ、器用に折り畳みながら巻いていく。玉子の下にも汁を流しこんでやるのが骨法だ。いたって簡単な料理だが、手わざの巧拙が問われる。

焼き上がった出し巻き玉子は、巻き簀を使って形をきれいに整えていく。

「焼いてるうちに初めの出し巻きの熱が取れてきますんで、それから切りに入ります。

少々お待ちを」

そう言いながら、信次は二つ目の出し巻き玉子の焼きに入った。

「おいちゃん、じょうず」

千吉が言った。

「おとうとどっちが上手だい？」

おちよがたずねた。

「さあ、こりゃむずかしい問いだね」

隠居が笑う。

千吉はちょっと困ったような顔つきになったが、ややあって小さな指をさした。

「おいちゃん！」

時吉は苦笑いを浮かべた。

信次の出し巻き玉子づくりをじっと見ていたのは、千吉ばかりではなかった。

子猫のゆきが猫好きの子之吉のひざにひょいと乗り、不思議そうに料理人の手の動きをながめている。しっぽをぴんと立てて見物しているそのさまは、思わず顔がほころぶほど愛らしかった。

信次は次々に出し巻き玉子を仕上げていった。

切りに入る。

皿に盛り、醬油をたらした大根おろしをあしらう。

「はい、お待ち」

まずは一枚板の席の客に出した。

「こりゃ、小判みたいだね」

「きれいに巻いてあります」

「食べるのがもったいないくらいだ」

そう言いながらも、隠居が箸を伸ばした。

「のどか屋さんにも」

信次は自信ありげに時吉にも皿を差し出した。

「頂戴します」

時吉は両手で受け取った。

「……うまい」

子之吉がうなった。

「そのひと言だね」

隠居もうなずく。

さきほどは文句を言っていた大工衆の評判も上々だった。

「こりゃあ、絶品だね」

「ほんとに山吹色の小判みてえじゃねえかよ」

「十両はあるぜ」

「なら、料理の名も小判焼きにしちまえばいい」

「たまにはいいこと言うぜ」

「ありがてえ、ありがてえ」

出し巻き玉子に向かって手を合わせる者までいた。

時吉も感心しきりだった。

巻きの数がいくらか多く、手間がかかっているが、それぞれの厚みがきれいにそろっている。おかげで、さくっとした舌ざわりもほんの少し生まれていた。

それがしっとりとした玉子に息吹《いぶき》を与えている。大根おろしを添えると、さらに味が響き合って、まさに口福《こうふく》の一品になる。

「ちよ、おまえも食ってみな」

時吉はおちよにひと切れ渡した。

「……おいしい」

食すなり、おちよは目をまるくした。

「千ちゃんも、千ちゃんも」

千吉が手を伸ばす。

「なら、わたしの分をあげよう。……おまえは駄目だぞ」

子猫のゆきをひょいとひざから下ろすと、子之吉は残った出し巻き玉子の皿をおちよに渡した。

「ほら、子之吉おじさんからいただいた小判焼きだよ、千ちゃん」

おちよがふうふうしてやったものを食すと、千吉は気に入ったらしく、にこっと表情を崩した。

「おう、できたぜ、千坊」

大工衆の一人がたこをかざした。

さすがに手を使うなりわいだ。少し操っただけで白いたこは跳ねるように動いた。

「仕上げに汁をくんな。つみれ汁を仕込んでたじゃねえか」

「おう、いいな」

「今度はのどか屋の出番だぜ」

大工衆の声に応えて、時吉は席を立った。

「なら、客に戻って、おいらもいただきまさ」

信次はそう言って包丁をふいた。

四

秋刀魚のつみれ汁は、まず鍋にだしと酒を入れて火にかける。

沸くまでにはまだいくらか間がある加減で、たねをすくい取ってまるめて鍋に投じ入れていく。

つみれに火が通ったところで、味醂と醬油、それに塩で味を調える。

仕上げに入れる生姜汁が決め手だ。これでぐっと味が締まる。

椀につみれとさっとゆでた舞茸、それに白い針葱を盛り、汁を張ってお出しする。

「まろやかな味だねえ」

「臭みも抜けて、おいしいですよ」

隠居と質屋が笑みを浮かべた。

「これがのどか屋の味だ」

「ほっこりするな」

「しみじみ、うめえぜ」

「酒を呑んだあとの締めには、やっぱりこれだな」

「おう、呑んだら行くぜ。千坊がお待ちかねだから」

「秋のたこあげも粋なもんだ」

座敷の客はひとしきりさえずってから腰を上げた。

「毎度ありがたく存じました」

おちよが笑顔で見送る。

その帯にすがるようにして、千吉もついていった。

「ありがたく、じょんじまった！」

まだうまく舌が回らないが、わらべなりにそうあいさつしたから、見世にどっと笑いがわいた。

「えらいぞ、二代目」

「よく言えたな」

「さ、おいちゃんがたこをあげてやるぞ」

たこをついと動かしてやると、千吉ばかりか猫たちまでわらわらとついてきた。

片付け物を手早く終えると、おちよも外へ出た。

「わたしも、そろそろ戻らなければなりませんので」

子之吉も席を立った。

見世の中は、凪《なぎ》が来たように急に静かになった。

「つみれ汁のお味はいかがでしたか」

少し声を落として、時吉はたずねた。

「味はまあ、よかったと思いまさ」

信次は腕組みをして答えた。

「ただ、ここでも彩りと香りづけが足りねえ。赤い枸杞《くこ》の実をあしらってやりゃあ、椀の中の景色が見違えるようになったはずでさ」

「なるほど……」

「ま、枸杞の実なんて小料理屋にはなかなか入らねえだろうから、これはこれでいいんですがね」

古参の料理人は椀を軽く指さした。

表から、たこあげに興じる声が聞こえてくる。楽しそうなわらべの声も響いた。

甘鯛がそろそろ頃合いになった。信次は再び厨に入り、慣れた手つきでかまに串を打ちはじめた。

「こちらさんでは、こういう手は要りませんかい？」

目を瞠《みは》るような手わざを見せながら、信次が問うた。

来たな、と時吉は思った。

それについての肚《はら》はもう決まっていた。

「のどか屋は、わたしとちよの見世なので、まことに相済みませんが」

時吉はよどみなく答えた。

「そうですかい……なら、仕方ありませんな」

信次は苦そうな笑みを浮かべた。

「ただ、わたしの師匠がやっている長吉屋なら、厨は広いし、弟子もたくさんいます。もしよろしければ、ご紹介させていただきますが」

時吉はそう申し出た。

「長吉さんはここのおかみのおとっつぁんでね。いままでにお弟子さんをたくさん育ててきたんだ。そちらのほうで働くのがいいとわたしも思うよ」

隠居もそう言ってくれた。

「さようですか。では、恐れ入りますが、一筆書いていただければ、と」

信次は腰を低くした。

「それには及びません。明日は休みなので、ご案内しますよ」

時吉はそう申し出た。

孫の千吉ではなく、歳を取った料理人をつれてきたのか、と文句を言われてしまいそうだが、致し方あるまい。

「そりゃお手数をおかけします。どうかよしなに」

古参の料理人は頭を下げた。

五

檜の一枚板の席といえば、隠居の季川の顔がまず浮かぶが、ずっとそこに根を生やしているわけではない。

本業は俳諧師だから、ときどき酔いざましを兼ねて神田川のほうへぶらぶら散歩に出て、また半刻ほど経ったら戻ってくる。俳諧の弟子はほうぼうにおり、句集の序文などを書いたりしてやると実入りになるし、もともとは高禄の武家の出で、先祖から受け継いだものもあるらしい。おかげで、しょっちゅう昼酒を呑んでいてもふところに障《さわ》りはないようだった。

「どれ、千ちゃんの散歩に付き合ってこようかね」

隠居は温顔をほころばせて一枚板の席を立った。

大工衆にたこあげで遊んでもらった千吉だが、まだ遊び足りない様子でぐずりはじめていた。その声を聞いて、隠居が守り役を買って出てくれた。

「どうかよろしゅうに」

時吉が言った。

おちよも千吉が歩く稽古に付き添っている。次の客が来るまで、時吉は信次と二人きりになった。

おかげで、これまでの話をくわしく聞くことができた。

いくらか離れたところに鰻《うなぎ》屋ができた。芝《しば》の魚市で扱われる鰻は玉川《たまがわ》の大ぶりなものが多いが、のどか屋では深川から棒手振《ぼてふ》りが運んでくるものをたまに仕入れていた。

そんな話をすると、信次はたちどころに鰻の産地をすらすらと挙げた。

「上方《かみがた》では、牛蒡に巻きつけて付け焼きにした八幡《やわた》巻きをよくつくりましたよ。備前《びぜん》の青江《あおえ》鰻もいい品でね」

「そんな遠くでも料理の修業を」

「備前なんて近《ちけ》えもんでさ。松前《まつまえ》の近くまで行って、雪に埋もれて死にかけたこともあるんで」

信次はそう言って笑った。

ほどなく、客が次々に入ってきた。

座敷に陣取ったのは、よ組の火消し衆だ。岩本町は縄張りから外れているのだが、縁あってしばしばのれんをくぐってくれる。

二人の勤番《きんばん》の武士も入ってきた。大和梨川《やまとなしがわ》藩の原川新五郎《はらかわしんごろう》と国枝幸兵衛《くにえだこうべえ》だ。

時吉もかつては同じ大和梨川藩の禄を食《は》んでいた。二本差しをやめ、市井《しせい》の料理人になったいまでも、昔のよしみで折にふれて来てくれる。

「今日は宿直《とのい》でな。弁当を頼みに来たんや」

偉丈夫の原川が言えば、

「退屈な宿直でも、のどか屋の弁当があったら笑顔で過ごせるさかいに」

華奢《きやしや》で少し頼りない国枝が和す。

さっそく、信次が小判焼きをつくりだした。

上方でもほうぼうで修業をしたらしく、勤番の武士たちともずいぶんと話が弾んだ。

日野菜《ひのな》漬の茶漬がうまいというところでは、時吉も思わずうなずいた。奈良漬もいいが、近江《おうみ》の日野菜漬もさっぱりしていて茶漬にはうってつけだ。

時吉と信次の二人がかりだから、宿直弁当はたちどころに出来上がっていった。

味ごはんの昼の分はすべてなくなったが、夕方から夜に来る客のためにいくらか残してあった。それを俵むすびにしてきれいに入れた。

ここでも信次の手わざはたしかだった。俵はどれも美しくそろっていた。

続いて、肴として出すつもりだった品のうち、弁当向きのものをあしらっていく。浅蜊《あさり》と分葱《わけぎ》の和《あ》え物《もの》、山芋と牛蒡の煮物、小松菜の黒胡麻和え、高野豆腐《こうやどうふ》の煮物。素朴だが、身の養いにもなりそうな品が次々に入る。

「色も良うなってきたな」

「行楽弁当みたいや」

「わしらが宿直で食うだけや。あんまり飾らんでええさかいに」

勤番の武士たちのほうが止めに入るほどだった。

「どれどれ、ちょいと見させてくださいまし」

火消し衆が座敷から身を乗り出してきた。

信次の助言もあって、栗の甘露煮と紅白の蒲鉾も入れた。あたたかな色が加わることによって、青菜の色が目にしみるほど深くなった。

「これでもう十分や」

「あんまり豪勢やと、ほかの者に申し訳ない」

「こそっと食わんとな」

「いや、ここの宣伝になるさかい、見せびらかしたほうがええ」

「また頼むわ」

勤番の武士たちは上機嫌で弁当を受け取って去っていった。

入れ替わるようにして、隠居とおちよが千吉とともに戻ってきた。

そればかりではなかった。

もう一人、常連がのれんをくぐってきた。

「おう、無沙汰だったな」

そう言って現れたのは、着流し姿の武家だった。

人呼んで、あんみつ隠密。

安東満三郎《あんどうみつさぶろう》がのどか屋に姿を現した。

第三章　紅煮《くれないに》と干瓢《かんぴょう》巻き

一

「なるほど、諸国を渡り歩いてきたわけかい」

心持ち目をすがめて、あんみつ隠密が言った。

安東満三郎は黒鍬《くろくわ》の者の組頭《くみがしら》だ。将軍の荷物を運んだり触れを出して回ったりするこの御役目は、三つの組に分かれている。しかし、実は世に知られない第四の組もあった。

この組の御役目だけは違った。神出鬼没の隠密稼業だ。その黒四組《くろよんぐみ》のかしらが、縁あってのどか屋の常連となった安東満三郎だった。

「へい。東西南北、諸国を無駄に回ってきました」

陰干しを終えた甘鯛を切り、平串を打ちながら信次は答えた。

「無駄ってことはないだろうよ」

隠居が言う。

「いや、ほうぼうで修業したあげくが、このざまで」

信次はほつれた着物の袖を目で示した。

男が二人厨に立つといささか狭いが、時吉も料理をつくった。

蓮根の胡桃《くるみ》味噌和えは、仕上げに一味唐辛子を振ってやると味が締まる。白味噌となめらかにすった胡桃をだしでのばした和え衣は、甘みとこくがあって蓮根のかみ味に合う。これをぴりっと辛い唐辛子の最後のひと振りが締める。

だが、あんみつ隠密の皿だけは違った。唐辛子の代わりに、砂糖がふんだんにかかっていた。

「うん、甘《あめ》え」

顔立ちは整っているが、いささか長すぎる異貌がやんわりと崩れる。

この御仁、とにかく甘いものに目がない。普通の客の「うめえ」は「甘え」だ。辛い味噌をなめながら酒を呑む者は多いが、砂糖や餡をなめながら呑めるのは江戸広しといえどもこの人くらいだろう。あんみつ隠密の名がついたゆえんだ。

「さすがの手際だな」

「だんだんいい香りがしてきましたぜ、かしら」

厨をのぞきこんで、火消し衆が言う。

信次は甘鯛の若狭焼きの仕上げにかかっていた。

焼きは皮のほうから行う。ほどよく焦げ目がついたら、くるりと裏返して身のほうを焼いていく。

さらに、残った若狭地をかけ、それを乾かすようにあぶっていく。これを三たび繰り返せば、ようやく出来上がりだ。

「仕込みから半日がかりでしたね」

おちよが声をかけた。

千吉は遊び疲れたらしく、いつのまにか寝てしまった。いま二階で寝かせてきたところだ。

「それくらいの手間はかけてやりませんとね。甘鯛が成仏しませんや」

信次はそう言って胸を張った。

料理の評判は上々だった。

「味がしみてるねえ」

「甘鯛って、こんなにうめえものだったかよ」

「皮目がぱりぱりっとしてるのがこたえられねえな」

「おう、いいこと言うじゃねえか」

「味のしみた身のほうは、もちっとしてるんだ」

「焼き加減の腕だねえ」

なじみの火消し衆は口々に信次の料理をほめた。

「おっと、おまえらにはやらねえぜ」

「猫の分際で、こんないいものを食えると思ったら大間違いだ。ほらよっと」

纏《まとい》持ちの若い衆が、纏の代わりにひょいとのどかを持ち上げた。

「こりゃ、いい稽古になるな」

「おいらもやってやろう」

皆がのどか屋の猫に手をのばし、纏に見立てて差し上げて揺らす。

「この纏、なきやがった」

「嫌がってるぞ、纏が」

「あっ、纏がかみやがった！」

そんな調子で、見世に和気が満ちた。

「本当は炒り塩と松葉を敷いてやりたいところなんですが、そんな大げさなことをすることもなかろうかと」

信次が言った。

「ここは小料理屋だからね」

隠居がさらりと答える。

時吉とおちよの目と目が合った。

(そりゃ、年季が入っていて腕は立つかもしれないけど、ちょっと感じが悪いわね)

おちよの顔にはそうかいてあった。

「御用のほうはお忙しいんですか?」

隠居が安東にたずねた。

「相変わらずこきつかわれてるよ、ご隠居」

あんみつ隠密は苦笑いを浮かべた。

「忙しいのはなにより……ってわけにもいきませんか、旦那のつとめだと」

隠居は声をひそめた。

「悪いやつがいる証しだからな」

安東も小声で答えた。

そのうち、職人衆ものれんをくぐってきた。昼でもないのに土間まで埋まるにぎやかさになった。

時吉と信次は競うように料理をつくっていった。

時吉は長芋を拍子木切りにし、焼いて薄切りにした椎茸と合わせた。

和え衣はたたいた梅干しに醤油と砂糖をまぜたものだ。かみ味の違う椎茸と長芋を、梅肉がさっぱりとまとめている。

「うん、甘酸っぱくてうめえ」

あんみつ隠密は笑みを浮かべた。安東の分だけ砂糖を多めに振っていることは言うまでもない。

「衣に入ってる醤油の加減がいいね」

「渋いところに目をつけるじゃねえか」

「そこいらが料理人の腕だから、見てやんないとな」

職人衆が口々に言う。

信次の料理ができた。

今日は厨に茸がふんだんに入っている。信次はえのき茸を用い、一風変わった料理をつくった。

えのき茸を食べよい房に分け、衣にくぐらせる。衣は玉子に水、小麦粉、片栗粉、それに塩でつくる。

薄めの鍋を使い、これを胡麻油でこんがりと焼き上げていく。こうすれば、さくっとした歯ざわりと胡麻油の風味がこたえられない仕上がりになる。

これを酢醤油でいただく。時吉も食べたことのない料理だった。

「これはどこで覚えたんですか?」

「筑前《ちくぜん》で高麗《こま》から来た人に教わったんでさ」

信次は自慢げに答えた。

「まあ、それはずいぶんと遠方で」

おちよが驚きの色を浮かべる。

「長崎で南蛮の料理を学ぼうと思ったんですが、そこまでは行けませんでした。急に野分《のわけ》が来やがって」

古参の料理人は舌打ちをした。

時吉は続いて油揚げのおろし和えをつくった。

両面を焼いた油揚げを細切りにし、水気を切って醬油をたらした大根おろしであえ、輪切りの唐辛子を散らす。ただそれだけの簡明な料理だが、癖になるほどうまい。

これは火消し衆によく出している料理だった。焼かれた油揚げが江戸の家並み、唐辛子を火に見たてている。

白い大根おろしが水だ。これをまとめて食せば験《げん》がいい。

「これでもう当分は火が出ねえな」

「おれらが食っちまったからよ」

「出てたまるもんか」

火消し衆は上機嫌だったが、徳利を運んでいたおちよはいくらか胸のあたりがきやりとした。

(何かの思い過ごしだったらいいけれど……)

おちよがふとそう思ったとき、二階から泣き声が聞こえた。

「はいはい、起きたのね」

「おっ、あとはやるぜ、おかみ。行ってやりな」

火消し衆のかしらの竹一《たけいち》が笑顔で言った。

二

座敷の客にあやしてもらって、千吉の機嫌も直った。

時吉は次の品を仕上げた。

鮪《まぐろ》の紅煮《くれないに》だ。

鮪は下魚《げぎょ》として歯牙《しが》にもかけない料理人も多いが、時吉は臆せず使う。べつに張り合っているわけではないが、諸国で修業を積んできた信次に見せようと、ひそかに期するところあってつくった料理だった。

鮪はひと口よりいくらか大きめに切り、醬油に少し漬けて味をなじませる。合わせるのは葱の白いところだ。これは薄い斜め切りにしておく。

鍋に鮪がつかるほどの水を入れて火にかける。火は強すぎてはいけない。鮪の身がかたくなってしまう。

鮪の身の色が変わってきたら葱を加え、さらにほどよく煮る。これも煮すぎてはいけない。鮪の肌にほのかな紅が残る加減がちょうどいい。紅煮の名のついたゆえんだ。

「うめえなあ」

「煮汁もたっぷり盛ってあるとこがいいじゃねえか」

「いい味出てるぜ」

火消し衆が相好《そうごう》を崩した。

「なら、こっちも鮪でいきましょう」

信次はそう言って、下ごしらえをしはじめた。

珍しい鮪料理をぶつけてみたのだが、まったく動じるところがない。やはりかなりの味の引き出しを持っているようだ。

「大層な腕だが、見世は持ってなかったのかい」

安東がたずねた。

「まだ若《わけ》えころに、ちっちゃな見世をやってましたが……」

干瓢《かんぴょう》の塩もみをしながら、信次はいくぶん目を伏せて答えた。

「つぶしちまったのかい」

あんみつ隠密はそう言うと、時吉が合間に手早くこしらえた油揚げの甘煮に箸を伸ばした。

あんみつ煮と呼ぼうかという話も出たほどで、安東にはまずこれを出す。三角のかたちに切った油揚げを砂糖と水と醤油で甘く煮ただけの肴だ。

「いや、若気の至りで、見世を飛び出しちまったんでさ。女房と娘を後に残して」

いくつものしわが刻まれた信次の顔に、さっと悔いの色が浮かんだ。

「江戸に落ち着いてちゃいられなかったわけか」

「江戸じゃなかったんですが、見世をやってたのは」

干瓢《かんぴょう》を水で洗い、ゆでる段取りをしながら、信次が答えた。

「ほう、どこだい」

「小田原《おだわら》で」

「小田原?」

今度は安東の顔つきが変わった。

「小田原に何かあるんですか、旦那」

隠居がたずねる。

「まあ、ちょいとな。近々、また足を運ばなきゃならねえんだが」

安東はそう答え、油揚げの甘煮を口中《こうちゅう》に運んだ。

「小田原へ、また行かれると」

「おう。まだ見世はあるのかい」

あんみつ隠密の問いに、信次は力なく首を横に振った。

「もう二十年も前の話でさ。見世はなくなってるんじゃないかと。いま思えば、後生《ごしょう》の悪い話で」

干瓢をさっとゆでると、信次は鮪を切りはじめた。

鮪のとろを角切りにし、干瓢でくるくると三重に巻いて留め、凧糸で縛っておく。

これをじっくりと煮る。酒、水、醤油、味醂でつくった煮汁だ。

「小田原の街道筋かい？」

安東が問うた。

「山王《さんのう》神社がございましょう？」

「あるな」

「あの近くでさ」

「見世の名は？」

「とくにつけませんでした。小田原ってのは提灯《ちょうちん》づくりが盛んなところで、その赤い提灯に灯りがつくので、『山王の赤提灯』と呼ばれてました」

「なら、ついでにちょいと探してきてやろう」

安東は軽く請け合った。

「いや、わざわざそんな面倒をおかけするわけには」

信次はあわてて手を振った。

「わざわざ面倒なことに首を突っこむようなおつとめだからね、この旦那は」

隠居が言う。

「突っこまされてるんだよ。こたびも小田原の港へ……あ、いや、こりゃここまでにしておこう」

あんみつ隠密は、あわてて口をつぐむしぐさをした。

「小田原へ足が向かったこともあるんですが、いまさらどのつらを下げて顔を出せるかと思いましてね。おたきと娘のおたえの顔は見ずに帰ってきちまって」

信次の眉間にしわが寄った。

「じゃあ、残されたおたきさんがお見世を？」

おちよがたずねた。

「あいつも簡単な肴くらいはつくれるし、客あしらいはうまかったんで、おいらがいなくてもやっていけるだろうと、手前《てめえ》勝手な考えを起こしちまいましてね」

「おたきさんの顔かたちとか、着物とか、何かすぐ分かるものはあるかい？」

安東が問う。

「名前がおたきなので、片滝縞《かたたきじま》の着物ばっかり着てました。色は山吹《やまぶき》、目立つし小判が貯まるようにっていう験《げん》もかついで、二着も三着も同じものをあつらえてましたよ。顔かたちはそれなりですが、右の泣きぼくろとえくぼに愛嬌があって……」

　やや遠い目つきで、信次は告げた。

「分かった。それだけ聞きゃあ十分だ」

「もう頭の中に書きつけたんですか。わたしなんか、筆で書いておかないとすぐ忘れちまいますよ」

　と、隠居。

「そりゃあ、そういうつとめだからよ」

　安東はそう言って、わが頭を軽く指さした。

「娘さんは、いくつくらいになられてるのかしら」

　おちよが小首をかしげる。

「まだあいつが五つくらいのころに、『おとっつぁんは日《ひ》の本《もと》一の料理人になって戻ってくるから、それまでおっかさんを大事にして待ってな』と言って飛び出しちまったもので」

「二十五くらいか。とうにもう嫁に行ってるだろうね」

　隠居が言った。

「嫁に行ってなきゃ大年増ですが、無事でいるのかどうか……」

信次はいくたびも目をしばたたいた。

「では、勝手に飛び出したわけじゃないんですね」

座敷と土間の客のために肴を大忙しでつくりながら、時吉がたずねた。

「勝手に飛び出したのと一緒でさ。縁あっておたきと所帯を持って、小さいながらも小田原の街道筋に見世を出したんだ。それをしっかりと守って、あの厨にこもって包丁を握ってればよかったんだ。なのに……」

苦《にが》そうに猪口の酒を干すと、信次はさらに続けた。

「とにかく、こんな田舎の小さな見世に落ち着いてちゃいられねえ、って焦ったんでさ。世の中にゃ、おいらの知らねえ料理がまだまだたくさんある。使ったことのねえ食材がたんとある。そう思ったら、もう居ても立ってもいられなくて、まだ娘がちっちぇえのに、あんなたんかを切って飛び出しちまったんでさ。そのあげくが……このざまだ」

感極まったのか、信次はほつれた袖を目に当てた。

「もし見世が続いてたらどうする？」

安東がたずねた。

「もう遅すぎまさ。おたきもおたえも、許してはくれねえでしょう」

「人生に『遅すぎる』ってことはないんだよ」

季川がさとすように言った。

この世で齢《よわい》を重ねてきた隠居だから、言葉に重みがある。

「へい……ですが」

「おれが見つけてきてやろう。まずは身を落ち着けて、ひと息ついたらたずねていけばいい」

と、安東。

「信次さんはわたしよりずっとたくさん味の引き出しを持っています。なりはどうであれ、日の本一の料理人ですよ」

時吉も言った。

「ありがてえ……」

信次は涙をふいた。

「なら……もし見つかったら、そうさせてもらいまさ」

尾羽打ち枯らした料理人は、そう言って太息をついた。

三

話がひと区切りついたところで、時吉は次々に肴を出した。

乱切りにした茄子をさっと揚げ、まだ熱いうちに山椒醤油《さんしょうじょうゆ》につけて、味がなじんだところでお出しする。

味噌酢膾《みそずなます》は酒呑みの評判のいい肴だ。

酢に味噌を少し入れてすり合わせ、細かく刻んだ葱と一味唐辛子を加えてよく混ぜ合わせる。これを指ですくってなめながら呑めば、さほどの銭にもならないからいたって安上がりだ。

わけぎといかの酢味噌和えも、こくのある肴だった。

皮をむいたいかは一寸ほどの棒切りにし、醤油をいくらかたらした酒で煮る。肌が白くなってきたらざるに上げ、よく水気を切っておく。

酢味噌は、白味噌、味醂、酒、酢を同じ割りでつくる。焦がさないように火加減に気をつけながらていねいに練り、元の白味噌くらいのかたさになったら出来上がりだ。

腹にたまるものなら、石焼き豆腐だ。

水切りをしてほどよい厚さに切った木綿豆腐を、胡麻油でこんがりと焼く。薄手の鍋で裏表に焼き色をつけたら、まだ湯気の立っているうちに大根おろしと醤油でいただく。

「うめえなあ」

「はふはふ言いながら食うのがいちばんだぜ」

「次から次に出てくるなあ」

と、土間の職人衆がうなれば、

「それがのどか屋だよ」

「どれもこれも、あるじの気がこもってるからな」

「運んでくるおかみの気も忘れちゃいけねえや」

座敷の火消し衆が和す。

夜ののどか屋にはいくつも笑顔の花が咲いた。

そうこうしているうちに、信次の鮪料理が出来上がった。

鮪の干瓢巻きには、ゆでた小松菜を彩りにあしらった。下に二つ、上に一つ、三つを重ね合わせると、見た目にも美しく彩りもいい。

「おう、こりゃ食うのがもったいねえな」

「巻いてあるのが鮪とは思えねえ」

「味もいいぞ」

「とろがほんとにとろけるみてえだ」

　火消し衆は口々に言った。

「長年、諸国を修業してきた味だね。うまいよ」

　隠居も舌鼓を打つ。

「ありがたく存じます」

　信次は頭を下げた。

「師匠と腕くらべをしたら、見ものかもしれませんね」

　時吉が言った。

「そうだね。そりゃあ、わたしも食べてみたいよ」

　と、隠居。

「でも、おとっつぁんは気の短いところがあるから」

　おちよが小首をかしげた。

「もし置いていただけるんでしたら、我《が》を殺してやらせてもらいますんで」

　いくらか疲れの見える顔で、古参の料理人は言った。

「なら、おれはちょいと明日が早《はえ》えから」

あんみつ隠密が腰を上げた。

「おつとめですかい、旦那」

隠居が問う。

「さっそく小田原へ」

安東はそう言って、厨の信次のほうをちらりと見た。

「なにとぞ、よしなにお願いいたします」

「まかしときな。江戸へ戻ったら、ここへ寄るから」

「いつごろになりましょうか」

信次が問う。

「そりゃあ、お役目次第だ。首尾よく抜け……いや、お役を抜けられたら、この長《なげ》えつらをのぞかせるさ」

黒四組の組頭は、一度見たら忘れられない顔をつるりとなでた。

座敷では、千吉が火消し衆にあやしてもらっていた。

「ほれ、二代目、高い高い」

「おう、猫よりこっちの纏のほうがずっと重いぜ」

「当たり前《めえ》だ。軽かったら困るぜ」

「たんと食って、大きくなるんだぞ」

「ほうら、千坊の纏でい」

「高い高い」

宙にかざされた千吉は、よほど楽しいらしく、きゃっきゃっとうれしそうな笑い声を響かせていた。

第四章　松茸土瓶蒸し

一

千吉も長吉屋につれていくことにした。孫はどうした、と文句を言われるのも癪《しゃく》だとおちよが言い出したからだ。

仕込みをしたものを猫にやられないように段取りを整えてから、のどか屋の面々は信次とともに福井町の長吉屋へ向かった。

千吉の足では歩けないので、ひと足先におちよとともに駕籠に乗った。時吉は信次から諸国の話を聞きながら歩いた。

「信濃国《しなののくに》で鯉《こい》ばっかりさばいてたことがありまさ」

料理人はさらりとそんな昔話をした。

「江戸も宮戸川《みやとがわ》の鯉は名が轟《とどろ》いていますね。向島《むこうじま》の葛飾太郎《かつしかたろう》という見世まで舌だめしに行ったことがあります。それから、洗いや鯉こくをつくってはみたんですが、いま一つの出来でした」

時吉は包み隠さず言った。

「洗いや鯉こくもいけるけど、いちばんうめえのは観世汁《かんぜじる》なんで」

「観世汁？」

時吉も聞いたことのない料理だ。

「鯉をおろして食べよい大きさに切る。豆腐をあぶって焼き目をつけて、いくらか崩して汁に入れ、味噌を溶き入れる」

信次はつくり方を教えた。

「味噌汁なんですね？」

「味噌仕立てだが、仕上げに餡《あん》をかけるんでさ。芥子《けし》か山椒の餡をかけてやりゃあ、冬場は芯からあったまります」

「なるほど、そりゃうまそうだ」

「信濃じゃ蕎麦も打ちました。わが手で畑を耕してね」

いくらか遠い目つきで信次は言った。

「蕎麦の白い花がいちめんに咲いてるさまは、いまでも目に浮かびまさ。日の暮れがたにながめると、向こうの丘まで白い布を流したみたいでね」

「それは美しい景色だったでしょうね」

「この世のものじゃないみたいでしたよ。思わず小田原に残してきた女房と娘の顔が浮かんでね」

　しみじみとした口調で言う。

「それでも、帰る気にはならなかったと」

「そんな銭すらなかったもんで」

　信次は苦笑いを浮かべた。

「日の本一の料理人どころか、今日食うだけで精一杯でね。信濃じゃ途中からほとんど蕎麦づくりの百姓になっちまいましたよ。これじゃいけねえと思って、道端の草まで食いながら越中《えっちゅう》へ逃げていきましたが」

「越中も遠いですね」

「蛍烏賊《ほたるいか》はよく扱いました。ゆでて酢味噌につけて食うと、ぷりぷりしてうまくてね。刺し身にしてもいけまさ。おろし生姜が合うんです」

　時吉は思わずつばをのみこんだ。

実際に信次がその手でさばいていた料理の話だ。味わわなくてもうまさが存分に伝わってきた。

「越中だと、白海老も美味ですな。天麩羅にすると絶品で」

そんな話をしているうちに、長吉屋に着いた。

見世先をまだおぼこい顔の弟子が箒《ほうき》で掃き清めている。

時吉はちらりと信次の顔を見た。もし長吉の弟子になるとしたら、間違いなくいままでいちばんの歳だろう。

果たしてうまくやっていけるだろうか。

少し不安がよぎった。

二

「なら、自慢の腕を見せてもらおうじゃねえか」

豆絞りの料理人が言った。

短気なところはあるが、孫の千吉の顔を見てひとしきりあやしたあとだから、いまはすこぶる上機嫌だ。

「承知しました」

身の丈に合う作務衣《さむえ》に着替えた信次は、気の入《はい》った顔つきで答えた。

「今日は何を食べさせてもらえるんだい？」

檜の一枚板の席から、隠居の季川がたずねた。

のどか屋に根を生やしているような隠居だが、もともとは長吉屋の客だ。今日はのどか屋が休みとあって、こちらに顔をのぞかせている。

「松茸が入っているので、まずは土瓶蒸しをつくらせていただきます」

「いいね」

「気張って技を見せとくれ」

隣に座った商家のあるじ風の男が言った。

囲い者とおぼしい粋な黒襟《くろえり》の小紋の女をつれている。のどか屋にはあまり来ない客筋だ。構えが大きく、弟子がいくたりもいる長吉屋は、それなりの値のつく料理を出す。

信次はさっそく包丁を動かしはじめた。

いくらか離れたところから、長吉と時吉が見守る。

松茸は汚れを落とし、縦割りにして笠に切り目を入れておく。

土瓶蒸しで合わせるのは、まず車海老だ。背わたを取り、湯にさっとくぐらせて見た目も美しい霜降りにする。

もう一つ、甘鯛も合わせることにした。松茸の香りを楽しむ料理だから、魚は淡泊な白身魚がいい。甘鯛のほかには、鱧《はも》や鯊《はぜ》などだ。

「上方《かみがた》じゃ、まずもって鱧なんですがね。鱧の骨切りは名人芸と言われたもんです」

包丁を動かしながら、信次は言った。

「ここは江戸だからな。鱧は江戸前じゃ獲《と》れねえから。鯊ならいくらでも入るがな」

長吉が言った。

「鯊じゃちょいと寂しいでしょう。鱧に松茸が、番付で言やあ東西の大関でしょうよ」

車海老と同じように、甘鯛も霜降りにしながら、信次が答えた。

「鯊を馬鹿にしちゃいけねえぜ。鯊の天麩羅って言やあ、白鱚《しろぎす》と並ぶ大関なんだから」

長吉はそう言い返したが、信次は軽く笑っただけだった。

師匠の性分を知っているだけに、時吉は気をもんだ。

とともに、いままで心に引っかかっていたおぼろげなものが見えてきた。

信次はおのれの腕だけを頼りに、包丁一本をさらしに巻いて諸国を渡り歩いてきた。行く先々で経験を積み、技を磨いてきた。おかげで、味の引き出しを人よりたくさん持っている。

しかし、それはもろ刃の剣《つるぎ》のようなものだ。うまい料理なら、いくらでもつくれるだろう。だが、それはせんじつめれば「おのれのための料理」だ。おのれの腕を披露し、「どうだ」と胸を張るための料理になってしまっている。

そういう料理は、皿が上から出る。

師匠の長吉の考えは違う。

料理は我《が》を殺し、客のためにつくらなければならない。「どうぞお召し上がりください」と皿を下から出さなければならない。

長吉はどの弟子にも口を酸っぱくしてそう教えていた。

そこが、どうか。

また少し懸念《けねん》が募った。

そんな時吉の心配をよそに、信次は土瓶蒸しを仕上げていった。

だしをあたため、薄口醤油と塩で味を調《ととの》える。そこに松茸と車海老と甘鯛を入れ、沸いたところであくをすくい取り、酒を、とたらす。

彩りに、さっと湯にくぐらせてから結んだ三つ葉をのせれば仕上がる。蓋を取って香りをかいだだけで思わずため息がもれる、絶品の土瓶蒸しの出来上がりだ。

「うまい、のひと言だね」

隠居がうなった。

「土瓶蒸しはいくたびも食べてきたが、こんなにうまいのは初めてだね」

「ほんと、とろけそう」

商家のあるじと連れの女も和した。

「ありがたく存じます。だてにほうぼうを回ってきたわけじゃないんで」

信次は胸を張った。

「なかなかやるじゃねえか。茸はしめじも入ってるから、どんどんつくってくれ。おまえらもよく見てな」

厨《ちゅ》の奥のほうで下ごしらえをしている若い衆に向かって、長吉は言った。

「へい」

「承知で」

威勢のいい声が重なって響く。

長吉屋には座敷がいくつもあるが、一枚板の席はここだけだ。修業を積まなければ立てない場所を初お目見得の信次にいきなり任せたのは、長吉なりの心遣いだった。

「『上方《かみがた》松茸、江戸しめじ』と言いますからね。どちらもつくりましょう」

信次はそう言って、次の肴に取りかかった。

松茸は菊浸しにした。

食べられる菊の花を摘み、酢を入れた湯でゆでて水気を切る。酢水でゆでるのは、菊の苦みを和らげるためだ。

これをつけ地に浸して味をなじませる。

だしに味醂と塩と薄口醤油を加え、煮立ったところで追い鰹《がつお》をする。鰹が沈みかけたところで、あくをていねいに取ってから漉《こ》す。

松茸は薄切りにし、つけ地でさっと煮る。その鍋ごと井戸水につけて冷まし、菊と合わせて盛ってつけ地を回しかければ小粋な鉢になる。

これも評判は上々だった。舌だめしをした長吉も満足げにうなずいた。

食ってみな、と時吉に鉢を差し出す。

なるほど、と時吉も思った。

松茸と菊、どちらも香りの強い食材だが、二つの香りが物の見事に響き合っている。

鉢をまとめるつけ地の加減がまた素晴らしかった。

今度はしめじだ。

まず赤練り味噌をつくる。赤味噌に白味噌、砂糖、酒、味醂、それに玉子の黄身をまぜ、湯煎《ゆせん》にかけて練り上げていく。

一度にいくつもこなせないから、これは長吉屋の弟子に任せた。

「練りが甘え！」

信次は容赦なく叱りとばした。

「練ったら終わりじゃねえだろ。冷ましてから裏ごしするんだ。そんなのは料理のいろはのいじゃねえか」

胡麻を煎りながら、信次は折にふれて声を荒らげた。

叱られて喜ぶ者はいない。若い衆がむっとしているのは時吉にも分かった。同じ叱るにしてもいろいろと言い方があるはずだが、信次のそれには容赦がなかった。

料理ができた。

だし汁で煮たしめじを胡麻味噌で和える。さらに、切り胡麻をつんもりと盛れば、風味のいい肴になる。

「江戸も負けちゃいないね」

隠居は笑みを浮かべたが、うまい肴が出たというのに、場に和気は漂っていなかった。

信次が若い衆を厳しく叱るたびに、冷えた気が生まれた。その余韻がまだそこはかとなく残っていた。

「この肴だったら、のどか屋でも出そうだね」

隠居が時吉に声をかけた。

「ええ。今度出してみますよ」

「味噌の裏ごしはちゃんとしてくんなよ」

信次は時吉にまでそう言った。

三

「ま、腕の立つ指南役はありがてえんだがな」

裏手の干し場で、長吉が腕組みをして言った。

「わたしもちらっと聞いてたけど、いきなり来てあんなにぽんぽん言われたんじゃ、お弟子さんもむっとすると思うよ」

おちよが答えた。

千吉が肩ぐるまをしろと言ってぐずるので、いまは父があやす番だった。干物などを見せながら、時吉は長吉とおちよの話を聞いていた。

「あいつなりに、気が入ってるんだろうがな」

「うん、そりゃ分かるけど」

「どこも長続きせずに、あの歳になってしおたれたなりをしてるのには、やっぱりわけがあるのかもしれねえな」

豆絞りの料理人は首をひねった。

「客あしらいは駄目そうね」

おちよも厳しいことを言う。

「お客さんにうめえものを食ってもらって、ほっこりしていただくのが料理人のつとめだ。そこんとこの料簡を違えて、てめえの料理をありがたく黙って食えと押しつけてくるやつがいる。ま、そんな料理をありがたがって食う客もいるから、なおさらつけあがるんだがな」

長吉は顔をしかめた。

「ほんとに、腕はたしかなのにねえ、信次さんは」

「もうちっとばかし若ければ、一からやり直させたんだがな。ただ米を炊くとか、豆腐を切るとか、芋の皮をむくとか。そういった当人には張り合いのねえ下働きのつとめからやり直しゃ、はっと気づくものがあったかもしれねえ」

「いまさら下働きをやれって言うのもねえ」

と、おちよ。

「かといって、のどか屋でやらせるわけにもいかねえや」

長吉は時吉の顔を見た。

「うちが足りないのは、かき入れどきのお運びくらいで」

時吉が答える。

「あとは足りてるからな」

長吉が言う。

「猫もたくさんいるし」

と、おちよ。

「二代目だっていらあな。おう、千吉、高くていいな」

長吉の目尻にいくつもしわが寄った。

「もっともっと、おとう、もっと」

千吉が上機嫌でうながす。

腕に鍛えの入っている時吉でも、いささか大儀になってきた。

「ま、そのうち、弟子を板前にくれという話もあらあな。温泉宿で包丁を握ってる弟子はいくらもいる。そういった声がかかったら、すぐ荷をまとめてもらおう」

長吉は話をまとめた。

そのうち、千吉が家に帰りたいと言いだした。

四匹いる猫のうち、千吉は子猫のゆきがお気に入りだ。子猫にしては動きが遅くてすぐつかまるから、だっこしてよく遊んでいる。猫がいない長吉屋は、どうも退屈なようだった。

「なら、じいじにさようならをお言い」

「じいじ、さようなら」

わらべはぺこりと頭を下げた。

「ああ、またな。もう少し大きくなったら修業に来い。じいじの目が黒いうちに、一から全部教えてやる」

長吉は半ば真顔で孫に言った。

四

おちよと千吉は先に駕籠で戻っていった。

時吉も厨の信次にひと声かけて長吉屋を出た。

「例のお武家さまが小田原から帰ってきて、もしおたきと娘の居場所が分かったら、教えてくださいまし。分からなかったら、べつによろしゅうございますから」

別れぎわに信次は言った。

「分かりました。なら、あまり我《が》を張らずにやってください」

時吉はそうクギを刺しておいたが、古参の料理人はあいまいな笑みを浮かべて、

「へい」と短く答えただけだった。

神田川に沿って、柳原《やなぎわら》か向柳原の通りを進めば近いが、時吉は思うところあっていくらか遠回りした。

旅籠《はたご》が並ぶ横山町《よこやまちょう》を過ぎる。

ある旅籠から、ちょうど二人連れの客が出てきた。

「長旅のあとに飯を食いにいくのは大儀ずら」

「しゃんめえ。旅籠で飯なんか出やしねえし」

「出してくれりゃ助かるのによう」

「んだ、んだ」

江戸へ出てきたばかりとおぼしい二人の話を聞いて、時吉はなるほどと思った。

お客さんの求めもさまざまだ。それに合わせたものを考えれば、とりあえずあきないにはなりそうだ。

そのときは、ふとそんなことを思い巡らしただけだった。

旅籠が並ぶ横山町を抜け、馬喰町《ばくろちょう》に差しかかった。

その角の見世に「力《ちから》」というそっけない看板が出ていた。近くに駕籠や荷車も止まっている。

「おう、やまと……じゃなかった、ぶち、元気か？」

時吉は見世先の樽の上でくつろいでいる大きな猫に声をかけた。

余裕の香箱《こうばこ》座りを見せているぶち猫は、もともとはのどか屋で飼っていた猫だった。あるときゆくえをくらまし、どこを探しても見つからなかったのだが、えさをたんともらえるこの見世の入り婿にちゃっかり収まっていた。

猫はきょとんとしていたが、時吉が首筋をなでてやると、元の飼い主を思い出したのかどうか、気持ちよさそうにのどを鳴らしはじめた。

時吉は力屋《ちからや》ののれんをくぐった。

「いらっしゃいまし。……あっ、のどか屋さん」

あるじの信五郎《しんごろう》がすぐ気づいてくれた。

「まあ、いらっしゃいまし。どうぞ、空いてるところにおかけください」

おかみもぱっと華やいだ声をあげる。

「今日は麦とろの膳なんですが、よろしゅうございますか？」

厨で手を動かしながら、信五郎がたずねた。

「いいね。それで頼みます」

「へいっ」

威勢のいい声が返ってきた。

力屋の名のとおり、食せば力が出るような膳が出る。客は駕籠かきや飛脚《ひきやく》、鳶《とび》や荷車引きといった力仕事の連中だ。

飾った上品な料理はいらない。腹がくちくなり、身の養いにもなるような料理を、もとは飛脚で鳴らしていた信五郎はもっぱらつくっていた。

「はい、お待ち」

さほど待たせず、おかみが膳を運んできた。

「何かおつけいたしましょうか」

日変わりの膳ばかりではない。安い値《あたい》で客が小鉢をつけられるようになっている。そのあたりの気配りも力屋ならではだ。

「なら……田作りの小鉢を」

見世に貼ってあった短冊に目をやり、時吉は所望した。

「田作りですね。承知しました」

おかみは感じのいい笑みを浮かべた。

膳の柱になっているのは、もちろん麦とろだった。

時吉もつくったことがあるが、さすがに力屋で、丼が大きい。これをわしわしとかきこんで食すと、それだけで力がわいてくるようだ。

皿には焼き魚がのっていた。旬の秋刀魚だ。脂ののった秋刀魚はちょうどいい焼き加減だった。醬油のかかった大根おろしをほぐした身にのせて、これもわしっと食す。

汁は若芽と油揚げと豆腐。汗をかく客のために、いくらか濃いめの味つけに仕立ててある。さらに、糠《ぬか》漬けと梅干しが塩気を補ってくれる。

小鉢は小松菜の辛子《からし》和えとおかか昆布豆だった。

辛子和えは醬油と味醂に辛子を溶いた地に浸してあった。なかには酒が苦手な客もいるから、味醂はちゃんと煮切ったものを使ってある。

だしは昆布といりこ、それに鰹節でていねいに取っているようだった。だしを取ったあとの昆布と鰹節は、細かく刻んでおかか昆布豆に入っている。どちらも身の養いになるものだ。

もう一つ、いりこは田作りになっていた。いりこを平鍋でかりかりになるまで炒め、いったん取り出しておく。醬油と味醂に砂糖を加えてまぜ、火にかけてとろりとなったらいりこを投じ入れ、ひとわたりなじませてから白胡麻を振る。

香ばしい飴色の田作りは、箸休めにはもってこいだった。秋刀魚と田作り、響きの違う二つの魚の味を楽しむことができる。

「毎度ありがたく存じます」

「またのお越しを」

あるじとおかみの声が響く。

力屋の客はあまり長居をしない。腹にたまり、精のつくものを急いで平らげると、すぐまた仕事に戻っていく。

入れ替わりにまた二人連れが入ってきた。そろいの半纏《はんてん》の駕籠屋だ。

「おう、読んでくれ、先棒《さきぼう》」

「はいよ。『ひがはり　むぎとろ』、それから……」

字が読めない相棒に向かって、品書を読み上げはじめた。

こういう光景も力屋ならではだ。

「おーい、もっと端っこに止めてくれや。大八車が通れねえぜ」

表で声が響いた。

「ああ、すまねえ。いま出るから」

客の一人があわてて麦とろの残りを平らげる。

時吉も膳を食べ終えた。

空腹が満たされたばかりではない。何かほっとするような気分だった。

これが料理の大本《おおもと》だ、と時吉はあらためて思った。

身の養いになって、精のつく料理をなるたけ安く、早く、たくさん食べてもらいたいという作り手の思いと、客の望みがこの見世では見事に合っている。

だから、こんなにも活気がある。そこここで笑顔の花が咲く。

信五郎はまったく我《が》を出していない。おのれを殺し、ただひたすら客のために手を動かしている。そこが信次とは違う。

そんなことを考えながら箸を置き、立ち上がってお代を払っていると、元やまとのぶちがのそのそと見世に入ってきた。

「にゃあ」

ひと声泣いて、時吉の顔を見る。

「おや、お見送りかい」

おかみが声をかけた。

猫はひょいと茣蓙に乗り、頭と骨が残っている秋刀魚の皿のほうへぬっと前足を伸ばした。

「見送りじゃなくて、狙いはそっちか」

時吉は笑った。

「おまえ、もうたんと食べただろうが。そのへんにしとけ」

厨から信五郎が言った。

「なら、また来ます」

時吉は右手を挙げた。

「ありがたく存じます。のどか屋さんにもうかがいますんで」

元飛脚のあるじは、響きのいい声で答えた。

第五章　柿なます

一

いくらか経った。

秋はだんだんに深まり、ほうぼうから紅葉だよりが聞かれるようになった。紅葉見物に菊見に月見、なにかと行楽にいい季《とき》だ。のどか屋には折にふれて弁当の注文が入る。おかげで厨は常にも増して忙しかった。

「おお、すまんことや」

原川新五郎が大きな手を差し出し、おちよから包みを受け取った。

「ええ天気になってよかったな」

国枝幸兵衛が笑う。

「ほんに、行楽日和《びより》で」

と、おちよ。

「どちらへお出かけですか、お武家さまがたは」

座敷の客が声をかける。

のどか屋はのれんを出したばかりだが、早くもいくたりか入ってきてくれた。

「いまから出るさかいに、近場の飛鳥山《あすかやま》でな」

「花の名所で知られてるけど、紅葉もなかなかのものや」

二人の勤番の武士が答えた。

「なるほど、渋いところを」

「さすがですな。お目の付けどころが違います」

客がひざを打つ。

「ええ天気で、紅葉にのどか屋の弁当があったら言うことなしや」

「これも入ったしな」

国枝が瓢簞《ひょうたん》をついと挙げた。

せっかくだから、届いたばかりの池田《いけだ》の下り酒を詰めた。何人かで紅葉見物に赴くらしいから、さぞかし話が弾むだろう。

弁当の一段目の飯は松茸ごはんだ。松茸のほかに銀杏《ぎんなん》と油揚げをまぜこみ、紅葉に見立てた人参を型で抜いて散らしてある。香りも彩りも申し分のない飯だ。

もう一段には、海老や椎茸や里芋の煮物にだし巻き卵に栗の甘煮、酢蓮根に青菜の胡麻和え、色とりどりの料理がきれいに詰めこまれていた。見て楽しく、食べてうまい、のどか屋自慢の二重弁当だ。

「ほな、いただいていくで」

「また帰りに」

勤番の武士たちは戸口に向かった。

「お気をつけて」

「行ってらっしゃいまし」

のどか屋の二人が送り出そうとしたとき、外から人影が近づき、珍しく季川が早めに姿を現した。

「おっ、ご隠居」

「今日は早いですな」

武士たちが声をかける。

「ちょいと知らせたいことがあったもので。これからどちらへ？」

「飛鳥山へ紅葉見物や」

「たまには羽を伸ばさんとな」

「ほう、そりゃあ結構なことで。いい日和でよろしゅうございましたね」

「ほんまや。弁当も酒もあるし、楽しみやね」

ひとしきりそんなやり取りがあり、大和梨川藩の二人の武家が出ていったあと、隠居は一枚板の席に腰を下ろした。

「知らせたいことって、おとっつぁんのとこで何かあったんですか？」

おちよがたずねた。

「図星だよ、おちよさん」

隠居はそう言うと、出された茶をいくらか苦そうに呑んだ。

「ゆうべ、信次さんが長吉さんと言い合いになってしまってね。長吉屋をぷいと飛び出していったんだが、こっちには来てないかい？」

「まあ、それは……」

おちよは絶句した。

「うちには来てないですね」

厨で昼の膳をつくる手を動かしながら、時吉は言った。

今日の膳は栗ご飯だ。

前の晩からつけた昆布の水だしと酒と塩で炊いたほくほくの栗ご飯に、茄子と南瓜《かぼちゃ》の味噌汁、それに、大根おろしをたっぷり添えた鯖《さば》の塩焼きがつく。

鯖が苦手な客がいれば、ちょいと珍しい高野豆腐の唐揚げにそこだけ変えることもできる。ただの高野豆腐もうまいものだが、唐揚げにすると食べ味が変わって客はみな驚いてくれる。

「いったいどういうことで言い合いになったんです？ 師匠もその場にいらっしゃったんですか？」

おちよがいつもより口早にたずねた。

「ああ、一枚板の席に座ってたよ。それまでも味の決め方で意見が合わないことは間々《まま》あったようで、なにかとぎくしゃくしてたんだが、信次さんが菊花かぶらをつくりたいと言いだしてね」

「かぶを細工切りにして菊の花に見立てたものですね」

と、時吉。

「そうなんだ。同じ甘酢に漬けるのでも、片方に梔子《くちなし》の実をたたいたものをまぜたら黄色い色がついて、白と黄色、二通りの菊の色になるらしい」

「おとっつぁんはあんまり凝った細工ものが好きじゃないから。『味じゃなくて、見た目の技に走るのは本末転倒じゃねえか』って言って」

おちよは父の声色《こわいろ》を使った。

「まあ、そのあたりから雲行きが怪しくなってきてねえ」

隠居の顔も曇る。

「それから、どうなったんです？」

二本の金串を末広に刺した鯖を焼きながら、時吉は先をうながした。

「そのうち話が飛んで、信次さんがかぶに文句をつけだしたんだよ。京の大ぶりのかぶだったらもっと大輪の花を咲かせられるのに、こんなちっちゃなかぶだとでかいのは無理だってね」

「おとっつぁんは仕入れにも目を光らせてるから、難癖をつけられたと思って頭に来ちゃうかも」

父の性分がよく分かっているおちよが言った。

「そうなんだよ。わたしも長吉さんが気を悪くしているのが分かったものだから、うまくとりなそうと思ったんだがねえ。その前に、信次さんの口がすべって、かぶだけじゃなくて、人参も京の金時《きんとき》じゃないと使えない、南瓜も鹿ケ谷《ししがたに》がいちばんだとか言ったもんだから、とうとうこらえきれなくなってやにわに雷が落ちてしまって」

「まあ」

おちよが何とも言えない顔つきになった。

ちょうど千吉がけん玉を持ってひょこひょこと近づいてきた。

「じいじ、ここへ来たおじちゃんに雷を落としちゃったんだって」

おちよが言う。

「じいじ、雷なの?」

「じゃなくて、ものすごく怒っちゃったんだって」

「ごはん、とられたから?」

わらべの考えることだからまったく話がかみ合わないが、おかげで少し雰囲気が和らいだ。

「で、あとはもう売り言葉に買い言葉でねえ」

隠居の眉間にしわが寄った。

「『そんなに京が良けりゃ、いまから行ってこい。ここは江戸だぞ』とか言ったんでしょう、おとっつぁん」

また父の口真似をまじえて、おちよが言った。

「当たらずといえども遠からずだね。『そんなに京々って言うんなら、出て行け、べらぼうめ』って、いきなり啖呵《たんか》を切ったんだ、長吉さん」

「なお悪いじゃない」

おちよはあきれた顔になった。

「そんなわけで、物の見事に喧嘩別れになって、信次さんは包丁をさらしに巻いて、捨てぜりふを残して出ていってしまったんだよ」

「どんな捨てぜりふです？」

暗然とした顔で、おちよが訊く。

「『二度と来るか』って」

「それは、いちばん案じていたことが起きてしまいましたね」

時吉が顔をしかめた。

「信次さんが出ていったあと、長吉さんは顔を真っ赤にして、黙って塩を撒《ま》いてたよ」

身ぶりをつけて、隠居が告げた。

「そりゃあ、怒ってるわ。おとっつぁん、ほんとに怒ったら何もしゃべらなくなっちゃうから」

「まあ、そういうわけで、信次さんが来るとしたらここだからね。顔を見せたら、どうかよしなに」

「承知しました。もし来たら、ちょっと言いたいこともありますので」

「意見をするのかい？」

「わたしもいくらか思うところがあるもので」

時吉はそう言ってうなずいた。

「せっかく早く見えたんですから、昼のお膳を召し上がっていってくださいましな」

おちよが水を向けた。

「ああ、そうするよ」

ほどなく、いい色の栗ご飯と鯖の塩焼きの膳が運ばれてきた。

さっそく隠居が舌鼓を打つ。

「海山《うみやま》の秋の幸《さち》なり昼の膳」

さすがに俳諧師だ。隠居は発句《ほっく》で感想を述べた。

「客の笑顔は何よりの富」

弟子のおちよがすぐさま付ける。

「秋晴れやおかみの顔もかがやきて」

すかさず隠居は平句《ひらく》を付けた。

「厨に響く包丁の音」

おちよはそう受けて時吉のほうを見た。

「客あしらいだけじゃないねえ、うまいのは」

隠居の温顔がやんわりと崩れた。

二

翌日も、その翌日も、信次はのどか屋に顔を見せなかった。湯屋の寅次や家主の源兵衛、ほうぼうに知らせて網を張ったのだが、だれも見かけた者はいないという。

「またどこかへ流れていっちゃったのかしら」

おちよが首をかしげた。

「ここしばらく雨降りだから、宿無しじゃつらいだろうに」

肴の下ごしらえをしながら、時吉が言った。

秋も深まってきたので、今日は柿を使ってみた。

まずは彩りのいい柿なますだ。ともに合わせるのは短冊切りの大根と人参だが、立て塩に漬けてからさらに甘酢に漬けるため、意外に手間がかかる。

雨で出足は鈍かったが、少しずつ客が来てくれた。今日の一枚板の席は人情家主の源兵衛だ。

「長吉さんも短気だからね、まあ仕方がないよ」

信次を追い出した話を聞いて、源兵衛は言った。

「前の休みにあわてて行ってみたら、『またやっちまった』と反省はしてたみたいですけど、おとっつぁん」

と、おちよ。

「ただ、『あの料簡じゃ、皿が上から出るばっかりだ』とも言ってましたから。考えを改めたわけじゃないようです。……はい、お待ち」

時吉は柿なますを出した。

柿のほのかな甘みが里ごころをくすぐるようなひと品だ。仕上げに散らした針柚子《ゆず》が香りの衣をふわりと加える。粗《あら》く刻んだ松の実も香ばしい。

「小粋な鉢だね」

「ありがたく存じます」

「目立たないところで、ちゃんと仕事が入ってるよ」

源兵衛がそう言って猪口に手を伸ばしたとき、表で番傘を閉じる音がした。

「おう」

と、ひと声発して、着流しの武家が入ってきた。

安東満三郎だ。

「おや、これは安東さま、江戸へお戻りですか」

おちよが声をかけた。

「昨日帰《けえ》った。こたびのつとめも、やっと一幕目が終わりだ」

いくらか疲れの見える顔で、あんみつ隠密は家主の隣に腰を下ろした。

「おお、そうだ。例の手だれの料理人はちゃんとやってるかい？」

「信次さんなら……あいにくわたしの師匠と口喧嘩をして、見世を飛び出してしまいましてねえ」

時吉が告げた。

「見世を飛び出した？」

「ええ。いくらか経ちますが、ここいらで顔を見かけた人はおりません。ゆくえ知れずになってしまいまして」

あんみつ隠密に合わせた料理をつくりながら、時吉は言った。

「そりゃあ、ずいぶんと間の悪い話じゃねえか」

安東は細めの本多髷《ほんだまげ》にちらりと手をやった。

「せっかく小田原でおたきさんの消息を探ってきたのによう。喜んでくれるはずの男がゆくえ知れずとは」

「分かったんですか？　おたきさんの居場所が」

おちよが割って入った。

「ああ、調べはついた。もう見世はやってなかったがね」

「ご本人に会ってきたんでしょうか」

時吉はそう問うてから、あんみつ隠密に出す品を仕上げた。

焼き柿だ。

柿を切って皮付きのまま網焼きにすると、甘味が増してびっくりするほどうまい。水で冷やして落ち着かせるとさらに甘く、皮もむきやすくなるが、むろんあつあつで出してもいい。

甘いものに目がない安東のために、時吉はさらに味醂を回しかけた。ほとんど菓子のような甘さだ。

「いや、なにかと取りこんでてな。うわさを聞いてきただけだ。浜仕事と料理屋のお

甘《あめ》え」

運びをしてたつきを立てているらしい。……うん、

いつものせりふが出た。

「娘のおたえちゃんも手伝ってるんでしょうか」

おちよが問うた。

「そこまでは分からなかったな。なにぶん捕り物でばたばたしてたからよ」

黒四組の組頭はそう言うと、いくらか目をすがめて猪口の酒を呑んだ。

「ほう、捕り物をなすってたんですか」

家主が身を乗り出してきた。

「小田原に網を張ったと言っても、獲ったのは魚じゃないんですね」

今度は風呂吹き大根にかける味噌をこしらえながら、時吉は言った。

秋も深まり、風がだんだん冷たくなってきた。こんな時分は、あたたかいものが恋しくなってくる。ほっこりとした風呂吹き大根などはもってこいの料理だ。

「無粋なことに、人でな」

あんみつ隠密はそう言うと、座敷のほうをちらりと見た。

「どういう悪人です？」

源兵衛が問うた。

「あ、起きた」

　おちよが千吉に歩み寄る。

　今日は階段で猫たちにまじってどたばたと追いかけっこをしていた。足は悪いが要領をおぼえた千吉は、目を見張るほど速くなった。そのせいで疲れてしまったらしく、いままで座敷の隅でぐっすり眠っていた。

「わらべの耳に入っても、どうってこたあねえし、あとはあるじと家主さんだ。教えてやろう」

　安東は戸口のほうをちらりと見てから続けた。

「早い話が、抜け荷の悪人を引っ捕まえてきたわけだ。ほうぼうを巡ってきた船が、小田原の港からいよいよ陸《おか》に上がって江戸を目指そうっていうとこで、あえなく御用よ」

　黒四組の組頭は二の腕のあたりをぽんとたたいて見せた。

「そりゃ働きでしたねえ。ご苦労さまでございます」

　源兵衛が頭を下げた。

「どういう抜け荷だったんです？」

　時吉がたずねた。

「いちばんの目玉は阿芙蓉《あふよう》だな」

あんみつ隠密はわが目を指さした。

「そんな剣呑《けんのん》なものを江戸へ持ちこませるわけにゃいかねえや。わりかた早く西のほうから知らせが届いたんで、水際でわっと網を張って引っ捕まえてやった」

「では、一網打尽に」

「手下筋がいくらか逃げたかもしれねえ。はっきりしねえところもあるんで、いずれまた小田原へ行くことになるだろうがよ」

安東はそう言って、残った焼き柿を口中に投じた。

抜け荷の話が一段落したところで、職人衆がのれんをくぐり、座敷に陣取った。

「おっ、風呂吹きかい？」

「いいねえ」

「鍋も頼むよ」

「おいちゃんが遊んでやろう、千坊」

見世がにわかに活気づいてきた。

ほどなく、風呂吹き大根ができた。

食べるときに箸でほろりと切れるほどの厚さに切った大根を、昆布を敷いた大鍋でことことと煮る。

上にかけるのは胡麻味噌だ。赤味噌と白味噌を半々に練りこみ、すり胡麻を加える。これをだしと命のたれと酒と味醂で按配よくのばしながら、とろみがつくまで鍋で煮る。

仕上げにおろし柚子《ゆず》をちょいとのせ、いい香りが漂っているうちに出せば、思わずよだれがこぼれそうな絶品の風呂吹き大根の出来上がりだ。

「かー、うめえな」

「胃の腑《ふ》にしみわたるぜ」

「体の提灯に灯りが入ったみてえだ」

「おめえは蛍かよ」

職人衆がにぎやかに掛け合う。

「味噌もいいけど、大根もうまいね」

家主がうなった。

「店子《たなこ》の富八《とみはち》さんがいい大根を運んでくれるので助かってます」

今度は鍋の支度をしながら、時吉が言った。

「味噌が甘えなあ。江戸の味だぜ」

あんみつ隠密はそう言ったが、江戸の味というのはいささか見当違いかもしれなかった。安東の味噌にだけふんだんに砂糖がまじっていたからだ。

ほどなく、鍋ができた。

あつあつの湯豆腐鍋だ。これに熱燗があれば、体の芯からあたたかくなる。

「おっ、月が入ってるじゃねえか」

「ただの湯豆腐じゃねえぞ」

「どういう見立てだい、こりゃ」

蓋を取るなり、職人衆がわいた。

「池に三日月が映っているさまを、鍋にしてみたらどうかと思いましてね」

時吉が判じ物を解いた。

だしを煮立ててから、酒、塩、味醂、醬油で味を調える。さらに、水に溶いた葛粉を少しずつまぜていく。

いくらか冷ましてから溶き玉子を入れ、蒸して玉子豆腐の形にする。最後に三日月の型で抜けば、池に浮かぶ月の姿になるという按配だ。

「風流だねえ」

一枚板の席にも鍋が出た。すぐさま人情家主がうなる。

「ちょいと野暮《やぼ》なことを訊くが」

そう前置きしてから、あんみつ隠密がたずねた。

「月の型を抜いた余りのほうはどうするんだい？」

「捨てたりするのはもったいないですから……」

時吉は笑みを浮かべて、すっと小鉢を差し出した。

「このようにさせていただきました」

玉子豆腐の余りのところに、黒蜜がとろりとかかっている。千吉のおやつにしようと思っていたのだが、あんみつ隠密が来たからちょうどうまくまとまった。

「おっ、いいねえ」

安東がさっそく受け取る。

「三日月の玉子豆腐と、四角い木綿豆腐。食べ味が違うところが粋じゃねえか」

「えのき茸に貝割れ、それに花麩《はなふ》。彩りもいいぜ」

「肝心なものを忘れてるぞ」

職人の一人が箸でそれをつまんだ。

肉厚の椎茸の笠に、市松模様の包丁仕事が入っている。火と味の通りがよくなるばかりではない。手わざが一つ入っているだけで、鍋の中に何とも言えない華やぎが生まれていた。

「こりゃあ、包丁の冴えだね」

「見事なもんだ」

「いや、こういう包丁仕事は、ちよのほうが上手《じょうず》なんですが」

時吉が言うと、千吉の相手をしていたおちよが笑顔で腕をぽんとたたいてみせた。

千吉は足が悪いから、いくら背丈が伸びても厨の中を素早く動くことはできないだろう。しかし、止まったまま包丁を動かす細工仕事ならいくらでも極められる。もう少し大きくなったらわらべ用の包丁を買って、手ほどきをしてやろうとのどか屋の二人は話し合っていた。

「胃の腑ばかりか、心の中まであったまるねえ、湯豆腐ってやつは」

源兵衛の目尻にいくつもしわが寄った。

「どこでどうしてるか知らねえが、信次さんも意地を張ってねえで、ここを頼ってくればうめえものが食えるのによ」

黒蜜をかけた玉子豆腐の次に、はふはふ言いながら湯豆腐を食した安東が和す。

「ほんにねえ。おたきさんの居どころも分かったたっていうのに。……おや、『ごろん』かい、ちの」

人の話など、猫には関わりがない。

しっぽの短い茶白のちのが、おちよの目の前でやにわにごろんと倒れ、「なでて」とばかりに腹を見せた。

「はいはい」

おちよがしゃがんでおなかをなでてやると、猫はたちまち喉を鳴らしはじめた。

第六章　ふわふわ汁

一

信次がのどか屋に姿を現したのは、二日後のことだった。

時分どきは外れていたが、一枚板の席は埋まっていた。隠居の季川と湯屋の寅次、それに、野菜の棒手振りの富八という顔ぶれだ。

「まあ、信次さん」

座敷の片付け物をしていたおちよが初めに気づいた。

ただでさえ細くなった古参の料理人の髷は、ずいぶんと乱れていた。もともとしおたれていた着物はほうぼうにしみができ、どこかに引っかけたのか大きな破れ目まであった。

信次はそう言うと、土間にがっくりとひざをついた。

「無事だったのかい」

隠居が声をかけた。

「いままでどちらに？」

厨から出て、時吉がたずねた。

「神社の軒下なんかで、雨露をしのいで……」

信次は咳きこんでから続けた。

「いけねえと思いながらも、ひもじくて、干してあるものをかっぱらって食ったりしてた。あまりにも情けなかったもんで、よっぽどこいつで喉を突いてやろうかと思ったんだが……」

信次はさらしに巻いたものをふところから取り出した。

包丁だ。

「さっきもうわさしてたんだ。早まらなくてよかったよ」

寅次が声をかけた。

「そうそう、見つかったんですよ、おたきさんが」

「面目ねえ」

おちよも告げる。

「おたきが？」

信次の表情がにわかに変わった。

「小田原へ御用に行った安東さまが探ってきてくださったんです。見世は閉めたようですが、おたきさんは料理屋や浜仕事の手伝いをしながら、無事暮らしているそうですよ」

時吉がそう伝えると、信次は感慨深げにうなずいた。

「そうですか。娘は……おたえはどうしてます？」

顔を上げてたずねる。

「そこまでは分からなかったそうです」

「小田原へ行ってみたら、きっと分かりますよ」

のどか屋の二人が言う。

「小田原……そんな遠くへ行く力なんて、もうどこにも……」

信次は力なく首を横に振った。

「だったら、のどか屋の料理を食べて精をおつけなさい」

隠居が笑みを浮かべてすすめた。

「そんなとこにいねえで、ここに座ってくださいよ」

富八が席を譲る。

「おいら、ひとっ走り、家主さんにとこに行ってきまさ。長屋に空きがあるんで、小田原へ行けるようになるまで、そこでゆっくりしてればよござんしょう」

気のいい棒手振りは歯切れのいい口調で言った。

「ありがてえ」

信次は両手を合わせ、おもむろに立ち上がった。

ろくなものを食べていなかったせいか、足元がふらつく。その肩を、時吉があわてて支えた。

「さ、こちらへ」

信次は隠居の隣に腰を下ろした。

「なら、行ってきまさ」

富八が尻っぱしょりをした。

「頼みます、富八さん」

「ご苦労だね」

おちよと寅次がほぼ同時に声をかけた。

「昼の膳はまだ残ってるかい？」

隠居が時吉に問うた。

「はい。すぐお出しします」

時吉は厨に戻り、さっそく支度にかかった。

「うまいものを食ってひと息ついたら、うちの湯に入ってさっぱりしてくださいよ。着替えだってありまさ。それで、源兵衛さんの長屋でぐっすり寝れば、小田原へ行く元気も出てくるでしょうよ」

湯屋のあるじがそう言って笑みを浮かべた。

今日の昼の膳は、干物ごはんだった。

猫にやられないように慎重に干しておいたかますの干物を、まず網で香ばしく焼く。骨が入らないように身をむしり、酒を振りかけておく。

一緒にまぜ合わせるのは、浅葱《あさつき》と海苔と胡麻、それに梅酢生姜だ。味ばかりではなく、さまざまな色も響き合う、心弾むまぜごはんになる。

これに、切り干し大根と油揚げの味噌汁と青菜のお浸し、それに里芋と章魚《たこ》を軟らかく煮た小鉢がつく。腹にたまるし身の養いにもなる、のどか屋自慢の昼の膳だ。

「ありがてえ」

重ねて礼を言うと、信次はまず椀に手を伸ばした。

ほっ、と息をつく。

ほかの面々は、黙って見守っていた。尾羽打ち枯らした料理人も、無言で箸を動かしていく。

よほどひもじかったのか、飯も小鉢もまたたくうちに残りが少なくなった。

「御酒はどうされます?」

時吉がたずねた。

「呑んだら倒れちまいそうなんで、茶で」

信次は手を振った。

「承知しました。では、肴だけ」

「いい香りを立ててたやつだね」

隠居が厨をのぞいて言う。

「止まったよだれがまた出てきやがった」

湯屋のあるじが口元に手をやった。

「はい、ただいま」

時吉が手を動かし、できあがったものをおちよが運ぶ。

千吉も手伝いたいらしく、「千ちゃんも、千ちゃんも」と手を伸ばした。

成長の証しではあるものの、昼のかき入れどきは邪魔でしかない。邪険にするとわんわん泣き出したりするから困らされるが、客の少ないいまなら大丈夫だ。

「はい、どーじょ」

母の手も借りて、わらべが差し出したのは、松茸の酒塩《さかじお》焼きだった。

「ありがとよ、千坊」

頭をなでてから受け取ると、寅次はさっそく箸を伸ばした。

松茸の香りを殺さず、うま味だけをさらに引き出すのが酒塩焼きだ。縦割りにして串を打った松茸に酒塩を振り、皮のほうから近火で焼く。

また酒塩を振り、乾かすように焼きあげていく。これを三度繰り返せば、松茸の香りとうま味をぎゅっと閉じこめた焼きものができあがる。

「どうぞ、信次さんも」

古参の料理人には、時吉が自ら差し出した。

思いをこめて、両手で下から皿を出す。

「うめえ……」

感に堪えたように、信次が言った。

「そのひと言だね」

隠居が和す。

「余計なことは何もやっていない。料理人の我《が》が出ていないから、素材のうま味がこんなにも引き出されてくるんだよ」

どこかさとすような口調で、隠居は言った。

信次がうなずく。

その呼吸《いき》を見計らって、時吉は言った。

「料理を召し上がるのは、お客さんです。そのお客さんのための料理じゃなければいけないと、わたしは思います」

信次は言い返さなかった。肩を落としたまま、時吉の言うことを聞いていた。

「師匠が怒ったのも当たり前ですよ、信次さん」

時吉はさらに続けた。

「料理人はお客さんに我を押しつけず、どうぞお召し上がりください、と皿を下から出さなければなりません。そのあたりの料簡が違っていたのじゃありませんか？」

信次はもう一度うなずいた。

「おいらの料簡が違ってた」

時吉の思いは通じたらしい。古参の料理人は素直に言った。

「ここまで落ちぶれて、やっと分かったような気がしまさ。面目ねえことだ」

着物の破れ目に手をやると、信次は湯呑みの茶を苦そうに呑んだ。

「料理人の我ってやつは、ときには苦く感じられることもあるからね。遅まきながらそれに気づいたのは重畳《ちょうじょう》だよ」

隠居が言う。

「湯屋のあるじが我を出したら、目も当てられねえな。『おう、入れ《へえ》』って、番台からいちいち偉そうに声をかけてやるんだ」

岩本町のお祭り男がそう言ったから、張り詰めていたものがいくらかゆるんだ。

時吉はそこで次の肴を出した。

烏賊《いか》と赤貝の紅白和えだ。

糸のように細く切った烏賊の身を片栗粉につけ、ほぐしてから湯にくぐらせて霜降りにする。これを水にとって冷ましてから水気を切る。

こうして下ごしらえをすると、烏賊が白魚のような趣《おもむき》になる。椀に入れても小粋だが、今日は赤貝と合わせて酢の物にした。色合いと味もさることながら、かみ味の違いも楽しめる肴だ。

「いい仕事だね」

信次が言った。

「ありがたく存じます」

「こうやって、客に……いや、お客さんに喜んでもらう料理をお出ししなきゃね。そんな当たり前のことが、おいら、この歳になるまで肝に入《へえ》ってなかった。女房と娘を捨てて、何のために諸国を修業をしてきたのか分からねえや」

おのれを嘲《あざけ》るように、信次は言った。

「いまからでも遅くないですよ。人生に、遅すぎる、ということはありません」

時吉がすぐさま言う。

「そうそう、わたしよりずっと若いんだからね」

隠居の白くなった眉がぴくっと動いた。

そのとき、表で人の気配がした。

家主の源兵衛を連れて、棒手振りの富八が戻ってきた。

二

「途中で萬屋《よろずや》さんに寄って、質流れの着物をもらってきたよ。丈《たけ》はだいたい合うはずだ」

人情家主が言った。

「ありがてえ、こんないいものを」

信次は両手を合わせた。

青梅縞《おうめじま》のまだ新しい着物だ。さっそく着替えると、いくらかさっぱりした風情《ふぜい》になった。

「あとはうちの湯に浸かりゃ、小田原へ行く力もわいてくるさ。湯屋の二階の菓子代はただでいいから」

寅次が言った。

「あんみつの旦那が探り出してきたんだってね。そりゃあ、元気を取り戻して小田原へ行かないと」

源兵衛も和す。

「そうしまさ。まだちょいとふらふらしますが」

信次はひざに手をやった。

「明日から穫れたての野菜を運びまさ。それを食って、精をつけてくださいましな」

富八が白い歯を見せた。

「なら、さっそくうちへ」

寅次が立ち上がる。

「ありがてえことで」

信次は重ねて頭を下げた。

「おいらも一緒に行きまさ。帰りに、長屋まで案内します」

富八が言う。

「寝るところもあるからね。店賃はいいから、体が戻って小田原へ行けるまでゆっくりしていってくださいよ」

人情家主が笑みを浮かべた。

「ありがたく存じます。ただ……」

信次は言いよどんだ。

「ただ？」

「恥ずかしいこってすが、銭がまったくねえんです。小田原へ行きたくても、行けやしませんや」

信次はそう言って、力なく首を横に振った。

それを聞いて、おちよが時吉に目配せをした。

女房の言いたいことは、すぐ伝わった。

「小田原までの路銀でしたら、のどか屋がお出ししますよ」

時吉はそう申し出た。

「そいつぁいけねえ」

信次はあわてて手を振った。

「こんなに迷惑をかけたのに、路銀までもらうわけにゃいかねえや」

「だったら、厨仕事をやってもらえばどうだい。諸国を旅して培《つちか》ってきた技を教える代わりに、路銀をもらう。これで算盤《そろばん》が合うじゃないか」

隠居がうまい調子で案を出した。

「なるほど、さすがは師匠」

おちよが手を拍《う》った。

何を思ったか、母のまねをして千吉も手をたたく。おかげで、のどか屋ににわかに和気が生まれた。

「それなら、よございましょう?」

時吉が問うと、信次は黙って両手を合わせた。

三

それからまた三日経った。

七つごろののどか屋に、家主の源兵衛とともに信次が姿を現した。

「おお、これは信次さん。ずいぶんと顔色がよくなったね」

主《ぬし》のように一枚板の席に陣取っている隠居が言った。

「おかげさまで」

信次は腰を折って礼をした。

座敷には力屋のあるじの信五郎と、その家族がいた。今日は見世が休みだ。つれだってのどか屋を訪れ、さきほどからのどかをはじめとする猫たちをじゃらして遊んでいた。

「いろんなところで修業を積んできた凄腕の料理人さんなんですよ」

おちよが紹介する。

「へえ、そりゃ楽しみですね。うちは大ざっぱな料理ばっかりなので」

力屋のあるじが笑みを浮かべた。

「なら、さっそくお願いしますよ」

時吉は厨を示した。

「承知しました」

信次はふところからさらしに巻いたものを取り出した。

まずは、一つずつ素材をあらためていく。

「いい甘子《あまご》が入ってますね。これは時雨煮《しぐれに》にしましょう。茸もいい。まずは、えのき茸の当座煮から」

手だれの料理人の頭には、すぐさま献立が浮かぶようだった。

信次はさっそく甘子をさばきはじめた。

開いてわたを取り出し、中骨をすき取って外す。洗って水気をふき取るまで、思わずうなるような手際の良さだった。

「油でかりっと揚げてから煮込みます。その前に、えのき茸を仕上げておきましょう」

信次は段取りを進めた。

酒と醤油だけでえのき茸を煮る、このうえなく簡明な肴だが、それだけに料理人の腕が問われる。

軸を少し切ってほぐした茸をさっと煮る。くれぐれも煮過ぎてはいけない。しゃきっとした歯ごたえを残すのが肝要だ。

いい頃合いに茸だけ器に上げ、汁を煮詰めていく。そして、最後にまたえのき茸を投じて、汁がなじんだところで火からおろす。

「はい、お待ちどおさまです」

信次は一枚板の席の客に小鉢を出した。

時吉は見逃さなかった。料理人の手は、たしかに下から出ていた。

「こりゃあ、しゃきしゃきしておいしいですね。お酒が進みます」

料理人の手元を見るべく、一枚板の席に移ってきた信五郎が言った。

女房と娘は座敷に残り、時吉が出した焼き茄子の胡麻寄せなどを食べながら猫と千吉の相手をしている。お姉ちゃんに遊んでもらって、千吉も上機嫌だ。

「ほんとだね。うまいよ」

隠居がそう言って、また猪口に手を伸ばした。

「まだまだ序の口だろうね」

と、家主。

「はい。どんどんお出ししますので」

どこかふっ切れたような顔つきで、信次は言った。

続いて、甘子を揚げて煮込みはじめた。醬油と味醂と砂糖で甘辛く煮た江戸の味だが、薄切りの生姜を入れるだけでぐっと味が深くなる。

甘子を煮ているあいだに、信次は蓮根の細工仕事を始めた。

二寸ほどに切った蓮根の皮をむき、やわらかくゆでておく。これを縦にかつらむきにして、薄く伸ばしていく。

「うまいもんだね」

隠居が身を乗り出した。

「穴のないところは、包丁の先で切ってやります。抜き型があれば使ってもいいんですがね」

信次はそう言って、器用に手を動かしていった。

「それを巻きこむわけですか」

手元をのぞきこみながら、時吉はたずねた。

「はい。粉をはたいてから、くるっと丸めて揚げます。普通はだしで煮るんですが、今日は時雨煮もあるんで、さっぱりと塩だけで召し上がっていただきましょう」

ややあって、次々に肴ができた。

深い味わいの甘子の時雨煮と、手わざが楽しい蓮根の巻き揚げだ。

「生姜が効いてますね。わたしなどでも舌の養いになりますよ。ほんとにうまい」

力屋のあるじがうなった。

その娘と女房は、蓮根の巻き揚げがいたく気に入ったようだった。

「ぱりぱりして、おいしい」

「蓮根って、薄く切って揚げると香ばしいわね。おまけに甘いし」

「今度つくって、これ、おとっつぁん」

娘は父に声をかけた。

「無茶言わないでくれ。おとっつぁんにはこんな手のこんだ料理はつくれねえ」

信五郎はあわてて言った。

「普通に薄く輪切りにするだけでもおいしいですから。塩を振ってやると、蓮根の甘みがさらに引き出されるんです」

信次は笑みを浮かべた。

「あなあな、おいしい」

蓮根は千吉の好物だ。くるりと巻いてある蓮根をふしぎそうに見てから口中に投じたわらべは、たちまち笑顔になった。

その後も、手だれの料理人は次々に肴をつくった。

のどか屋の生け簀から取り出したのは、鯛だった。これを酒蒸しにする。

三枚におろし、ほどよい大きさに切った鯛に塩を振っておく。深目の皿を取り出し、昆布を敷く。その上に鯛の切り身をのせ、酒をひたひたになるまで注ぐ。

それから蒸しあげると、鯛が味の衣をいくつもまとって生き返ったようなうまさに仕上がる。

これを加減酢醬油につけていただく。

酢と醬油と水に削り節を加えて煮立てたものをこせば、風味豊かな加減酢醬油の出来上がりだ。

「こりゃあ、口福《こうふく》だね」

隠居がうなった。

「うちじゃ、鯛の焼きものだってぜいたくすぎて出せません」

と、信五郎。

「添えてあるおろし生姜をちょいとのせると、またうまさが増すね。いや、まいったまいった」

源兵衛が額をぴしゃりとたたいた。

続いて供されたのは、しめじの深雪《みゆき》仕立てだった。

雪に見立てたのは、つくね芋だ。すり鉢のへりのほうで器用に芋をすり、卵白を加えてさらによくすると、ふわふわした雪のような景色になる。

これに味をつけたしめじをのせる。だしと醤油と味醂でさっと煮たしめじを雪の上にのせ、おろし山葵を添えれば、見た目にも美しい小粋な肴になる。

「まぜるのがもったいないくらいだね」

人情家主が箸を止めた。

「これなら、うちのお客さんは丼飯にのせてがーっと食べてくれそうです」

あきない熱心な力屋のあるじが言った。

明日の仕込みがあるので力屋の家族はほどなく腰を上げたが、代わりに職人衆が入ってきて座敷はたちまち埋まった。

信次はさらに肴をつくった。

「へえ、蒲焼きもいろいろだな」

「まさか、油揚げが蒲焼きに化けるとは」

「どこから見たって、生《しょう》のものの蒲焼きだぜ」

職人衆が口々に言った。

開いて湯にくぐらせて油抜きをし、水気を切った油揚げに、小麦粉と芋にだしを加えた生地をならして詰めていく。この両面をこんがりと焼き、醤油と味醂と砂糖を合わせたたれを塗って付け焼きにする。

香ばしく焼き上がったところで切れば、どこから見ても蒲焼きになる。遊び心にあふれ、食べてもうまいという自慢の品だ。

だんだん冷えてきたから、汁もつくった。

玉子のふわふわ汁だ。

玉子を四つばかり割りほぐし、醤油とだしを控えめに加える。これを湯に投じてかきまぜると、ふわりとした綿のような按配になる。

あとはお玉ですくって椀に入れ、醤油仕立ての本汁を張る。取り合わせるのは、せん切りにした椎茸や人参などだ。こくがあって、呑めば穏やかな心持ちになるふわふわ汁が出来上がる。

「胃の腑までふわふわしてくるね。酔いざましにはもってこいだよ」

隠居が笑みを浮かべた。

「ちょいと、わたしも一杯」

時吉も味見をした。

同じような汁はいくたびもつくっているが、信次の味つけは微妙に違っていた。

なるほど、とうならされる年季の味だ。

「おいしい……」

おちよも気に入ったようだった。

「ほら、千ちゃん、ふうふうしてあげるから」

匙《さじ》ですくって、息でさましてからわらべの口に運ぶ。

初めは熱そうにしていた千吉だが、ほどなくにっこりと笑った。

「で、小田原へはいつ行くんだい？」

源兵衛がたずねた。

「できることなら、明日にでも発《た》ちたいところなんですが……」

信次の答えを聞いて、時吉がおちよに目配せをした。

小田原までの路銀の用意はしてあった。おたきを探すのに手間取ったとしても、用が足りるだけの銭が入っている。

「なら、おまえさん、これを」

おちよは袱紗《ふくさ》に包んだものを渡した。

「少ないですが、料理の教わり代でございます」

「すまねえ……ありがてえ」

信次は両手でうやうやしく受け取った。

「今日も長居をしてしまったが、これでやっと帰れるね」

隠居がそう言って、ふところから封に入ったものを取り出した。

「だったら、こちらも」

人情家主も袱紗を取り出した。

古参の料理人にたちまち餞《はなむけ》が集まる。

「一文にもならないが、発句も一つ。……錦秋《きんしゅう》や縁《えにし》の糸は小田原に」

「たちまち開く紅葉うれしや」

頭の巡りが早いおちよがすぐさま付けた。

「どういうココロだい？」

師匠がたずねる。

「娘のおたえちゃんはもう二十いくつ。お孫さんができてるかもしれないじゃないですか。そのちっちゃな手を紅葉に見立ててみました」

「ああ、なるほど」

そんなやり取りをしていると、座敷の職人衆が身を乗り出してきた。

おちよがかいつまんでいきさつを話す。職人衆の親方はたちまち得心し、ぽんと一つひざをたたいた。

「こいつも何かの縁だ。少ねえし、むき出しで悪いが、宿場でうめえもんでも食ってくんな」

親方は信次に手ずから餞を渡した。

「ありがたく存じます。おいらみてえなはみ出し者に、こんなによくしていただいて……ありがてえ」

信次の目尻からほおのあたりへ、つ、とひとすじの涙がしたたる。

「また水入らずで暮らせるといいですね」

おちよの言葉に、信次は一つ大きくうなずいた。

「女房と娘がおいらを許してくれればの話ですが。とにかく、居場所がはっきりして会うことができたら、土下座して謝りまさ。二十年あまりも、おいらのわがままで放っておいて悪かった、と。でけえことを言って飛び出したのに、日の本一の料理人にもなれず、尾羽打ち枯らして帰《けえ》ってきて、面目次第もねえ、と……」

信次はここで感極まって、袖で顔を覆った。

「信次さんは日の本一の料理人ですよ。だって、江戸ののどか屋に料理を教えてるんですから」

おちよが言った。

「違えねえ」

「江戸でいちばんの小料理屋の上に立ってるんだから、日の本一さ」

「胸を張って、小田原へ帰んな」

職人衆から声が飛んだ。

ほどなく、皆で料理人を見送る段になった。

「では、どなたさまも、ご機嫌よろしゅうに」

信次は深々と頭を下げた。

「気をつけてな」

「いよいよ最後の港だね」

家主と隠居が言葉をかける。

「あいつらが許してくれたら、小田原に骨を埋《うず》めまさ。なら、本当にお世話になりました」

　料理人はもう一度ていねいな礼をした。

「どうかお達者で」

「また来てくださいまし」

　のどか屋の二人は、笑顔で信次を送り出した。

第七章　櫛《くし》と包丁

一

酒匂《さかわ》の渡しを越えると、小田原がぐっと近づく。

街道を行く信次の目に、なつかしい風景が映っていた。

あの松は昔もあった。二十年の歳月を経て、枝ぶりはずいぶんと立派になったが、たしかに同じ場所に植わっていた。

やがて、行く手に山王神社のこんもりとした杜《もり》が見えてきた。これも昔と同じたたずまいだ。

山王の赤提灯と呼ばれた見世は、もうどこにもなかった。その跡すら残ってはいなかった。

「昔、ここに料理屋があったんだが、知らねえかい」

天秤棒で魚を運んでいる男がいたから、信次は声をかけてみた。

「さあな。ここいらは前に出水があって、移っちまったやつも多いぜ」

「出水って、人死にも出たのかい」

「結構出たな。もうかれこれ十年あまり前の話だがよ」

魚を運んでいた男は、そう言って顔をしかめた。

信次の胸が、きやりと鳴った。

嫌な心持ちを振り払い、礼を言って男と別れた信次は、小田原の繁華なほうへ足を向けた。

とにもかくにも、おたきとおたえのゆくえを探さなければならない。安東満三郎がうわさを聞いてきたとはいえ、実際に会ったわけではない。一刻も早く女房と娘の顔を見て、わびを入れたかった。

料理屋と浜仕事をしている片滝縞のおたきを探して、信次は小田原のほうぼうをたずね歩いた。

おたきという名は珍しいわけではない。ぬか喜びの人違いでむだ足を踏んだこともあった。

それやこれやで二日が過ぎ、いくらか焦りを覚えはじめたころ、ようやく居場所の当たりがついた。

古い旅籠《はたご》の小伊勢屋《こいせや》に魚を運んでいた男にたずねてみたところ、打てば響くような返事があった。

「この先のお地蔵さんの角を曲がってちょいと入ったところに、はまや、っていう料理屋がありまさ。おたきさんなら、そこでお運びを手伝ってますよ」

「ほんとかい。右の目尻に、ちっちゃな泣きぼくろがあるんだが」

信次は目元に指をやった。

「ああ、そりゃ間違いねえや」

気のいい男は笑みを浮かべた。

話し好きの男から、はまやとおたきについていろいろ聞いた。

はまやは小田原でも評判の料理屋だったのだが、先代が急な病で亡くなってから客足が落ちてきた。跡を継いだ丑之助《うしのすけ》はまだ腕が甘く、味が落ちてしまったらしい。そんなわけで、見世を手伝っているおたきも安閑《あんかん》としてはいられないという話だった。

おたきがはまやで働いているのは時分どきだけで、あとは浜で干物づくりに手を貸しているらしい。もとは見世をやっていたらしいが、昔の話はあまり語りたがらない、と信次の前で男は言った。

「そうかい……たしか、娘さんがいたはずだが」

信次は肝心なところに切りこんだ。

「あんた、おたきさんの何だい？」

さすがに不審に思ったのか、男はたずねた。

「何ってわけじゃねえんだが……その、ちょいと血のつながりがあってな、久方ぶりに小田原へ来たもんで、たずねてみる気になったんだ」

信次はとっさにそんな作り話をした。

「ああ、そういうわけかい」

男はすぐさま信じてくれた。

「おいらもおたきさんと話をするようになったのは去年あたりからでね。娘さんがいるっていう話は初耳だ」

「二十五、六になってるはずだが」

「それならもうどこぞへ片づいてるだろうよ」

男はそう言って笑った。

礼を言って男と別れた信次は、はまやのほうへ向かった。

だらだらした坂を上り、角の地蔵の前でずいぶん長く両手を合わせた。

そして、何かを思い切るように顔を上げ、さほどの幅ではない道を歩きだした。

行く手に黒塀《くろべい》が見えてきた。品のいい松の姿も見える。はまやはなかなかの老舗《しにせ》のようだ。

ほどなく、入口に着いた。

だが、信次がはまやののれんをくぐることはなかった。

包みを手に提げた女が先に出てきたのだ。

間違いない。

女房のおたきだった。

二

おたきは目を瞠《みは》った。

いくたびか、続けざまに瞬きをする。

「あんた……」

やっと言葉が漏れた。喉の奥から絞り出すような声だった。

「すまねえ、おたき……」

信次はその場にひざをついた。

「このとおりだ。面目ねえ」

いくらか濡れた地面に両手をつき、額をこすりつけるようにわびる。頭をはたかれてもいい。

とにかく、わびたかった。

「すまねえ……」

信次は重ねて言った。

おたきは何も言わなかった。その場に立ちつくし、息を呑んでいる気配が信次にも伝わってきた。

ややあって、信次の肩に手が置かれた。

「ここじゃ、人が来るよ、あんた」

おたきは言った。

「ああ……」

信次は顔を上げた。

着物の袖で目を拭うと、二十年あまりを経て見る女房の顔が鮮やかになった。

おたきも見る。

突然、目の前に現れた信次の顔を、いくたびも瞬きをして見る。

「どこかで死んだと思ってたよ」

おたきは言った。

「面目ねえ……あんときは、日の本一の料理人になるとでけえことを言って出ていったんだがよ」

信次はひざに手をやり、ゆっくりと立ち上がった。

「ほうぼうの厨を流れ歩いただけだった。見世も持てず、何の土産もなく、この歳になって小田原へ戻ってきた。情けねえ話だ。それで……」

喉の具合を整え、一つ息を入れてから、信次は肝心なことをたずねた。

「おたえは達者でいるかい？　どこぞへ嫁へ行ったかい」

そう問われたおたきは、にわかにあいまいな顔つきになった。

「着いてきて」

短く告げると、おたきは先に立って歩きだした。

信次は胸に手をやった。

心の臓がまたうずいた。おたえが達者で、どこかへ嫁に行っているのなら、もっと違うことを言ったはずだ。

日は西に傾き、空が朱に染まりはじめた。かすかに潮の香りがする風に吹かれながら、信次はおたきのあとに続いた。

はまやへ入る辻のところまで来た。

何かを思い切るかのように、おたきは向きを変えた。そして、両手を合わせて地蔵を拝んだ。

そのさまを見たとき、信次は「ああ」と思った。しぐさから伝わってくるものがあったのだ。

「おたき……」

喉の奥から絞り出すように、信次は声を発した。

おたきはゆっくりと手を放した。

そして、久方ぶりに帰ってきた亭主の顔をまっすぐ見て告げた。

「死んだのよ、おたえは」

おたきの目はうるんでいた。

瞬きをすると、右の泣きぼくろのほうへ、つ、とひとすじの水ならざるものがしたたり落ちた。

「おたえが、死んだ……」

信次はかみしめるように言った。

「十年ちょっと前に出水があって、あの子は流されて……」

それきり言葉にならなかった。

信次は再び「ああ」と思った。魚を運んでいた男から出水のことを聞いたとき、胸が急に痛んだ。あれは虫の知らせだったに違いない。

「すまねえことをした……何にもしてやれずに」

今度は信次が声を詰まらせた。

小さな地蔵の前で、信次とおたきはしばらく黙ったまま風に吹かれていた。

「あの子のお墓に、お参りして」

おたきが言った。

「墓が、あるのかい」

「ちっちゃいお墓だけど、海の近くに」

おたきは坂の下手《しもて》のほうを指さした。

そこからは、かろうじて海が見えた。

朱に染まっていく光を集めてさざめいている日の暮れ方の海は、うつつとは思えないほど美しかった。

そこにおたえがいるような気がした。何もしてやれなかった父の脳裏に、娘の顔がありありと浮かんだ。

三

「おたえは、いくつだったんだい」

坂をゆっくりと下りながら、信次はたずねた。

「十五」

おたきは短く答えた。

「そうかい……おたえが、出水で」

信次は唇をかんだ。

「おいらがいたら、助けてやれたかもしれねえ。いや……おいらが代わりに死にゃあよかったんだ」

「あの子は、おとっつぁんが帰ってくるのを楽しみにしてたんだよ」

いくらか責めるように、おたきが言った。

「てなしだとほかのわらべからいじめられたら、いつもこう言い返してた。『おとっつぁんは料理の修業に行ってるの。そのうち、日の本一の料理人になって戻ってくるんだ』って」

信次は答えなかった。死んだ娘の言葉が、ひたすら胸にしみた。

「あっちよ」

おたきが指さした。

海が見える寺の裏手に、小さな墓があった。

だしぬけに、信次の脳裏に一つの記憶がよみがえってきた。

ほとんど父らしいことはしてやれなかった。

諸国の料理を学んで、だれにも負けない料理人になりたい。

あのころはその一心で、女房と娘のことはむしろうとましく感じていた。

それでも、肩車くらいはしてやった。

「ほうら、おたえ、見えるか？　海は広いな」

そう言って、光を弾きながらさざめく海を見せてやった。

「うん」

元気よくそう答えた娘の声が、つい耳元で響いたような気がした。

「すまねえ……」

おたえの墓の前にしゃがみ、信次は両手を合わせた。

「おとっつぁんは、いまごろになって帰《けえ》ってきた。おめえに何にもしてやれなかった。うめえものを食わしてやれなかった。かんざしもべべも買ってやれなかった。勘弁してくれ……」

そう言って頭《こうべ》をたれると、あとからあとから熱いものがあふれてきた。

「あんた、これを……」

おたきがふところから、手ぬぐいに包んだものを取り出した。

信次が受け取り、開いてみると、小さな櫛が入っていた。

鶴が刻まれた、かわいい櫛だ。

「おたえのか？」

おたきはうなずいた。

「髷を結って、背もあたしと変わらなくなった。十五になったから、もうお嫁にも行けるよって言ったら、あの子、ぽおっと赤くなって……」

「おたえが、この櫛を」

信次は櫛を手に取った。

娘が髪にさしていた櫛は、ひどく軽かった。おのれが勝手をしているあいだに、おたえはこんなに薄っぺらいものになってしまった。そう思うと、また後悔の念が波のように押し寄せてきた。

どれほどそうしていただろう、信次は娘の櫛を目に押し当てて泣いていた。男泣きだった。

おのれのどこに、こんな涙の泉があったのか。そういぶかしく思うほど、熱いものは途切れることがなかった。

「あんた……」

ややあって、おたきが声をかけた。

「これからどうするんだい。行くあてはあるのかい」

そう問われた信次は、袖で目をぬぐってから答えた。

「いや。小田原へ来るのにも、江戸で人の情けにすがって、路銀を出してもらったくらいだ。それもそろそろなくなっちまう。日の本一の料理人になるつもりが、いまじゃ一文なしだ」

「でも、いろんなとこで修業はしてたんだろう？」

「ああ。だれにも負けたくねえと思ってな。ほかのどんな料理人よりも技と味の引き出しを増やしてやろうと、あっちへふらふら、こっちへふらふら、いろんな土地を渡り歩いてきた」


暮れていく海をながめながら、信次は言った。

「そのあげくが、このざまだ」

なつかしい町に帰ってきた料理人は、力なく両手を広げた。

「包丁一本、さらしに巻いて、厨を渡り歩いただけだった。こないだ、江戸で同じ料理人に言われた。料理を出す料簡が違う、ってよう」

「料簡が違う?」

おたきが問い返す。

「そうだ。おいらは腕だけが恃《たの》みだ。そのせいで、いつのまにか『どうだ。おいらの腕を見な。凄えだろ』と皿が上から出るようになっちまった。料理人としてのそもそもの心構えが違ってたんだから、まるで話にならねえや」

信次は吐き捨てるように言った。

「だったら、包丁の腕はずっと磨いてたんだね。だらだら遊びほうけてたわけじゃないんだね」

おたきは帰ってきた亭主の目をじっと見て言った。

「ああ。決して遊んでたわけじゃねえ。料理のことをいつも考えてた」

信次はすぐさま答えた。

「それに……小田原に置いてきたおめえらのことを忘れたわけじゃなかった。ときどき夢にも出てきた。こっちのほうへ、足を向けたこともあったんだ。もう七、八年前の話だがよ」

「どこまで来たんだい？」

おたきが問う。

「国府津《こうづ》まで」

「だったら、すぐそこじゃないか」

「ああ。でも、どうしても酒匂川を渡れなかった。でけえことを言って出て行きながら、よれよれのなりで帰るわけにゃいかねえと思ってな」

「せめて……髷を結ったあの子の顔だけでも見てほしかったよ」

浜では気丈な顔を見せているおたきの表情がにわかに崩れた。

「すまねえ」

信次はわびるばかりだった。ほかに言葉はなかった。

「でも、出水が引いたあとに見つかったあの子の死に顔は、とってもきれいだったたんよ。まるで眠ってるみたいだった。その髪にさしてあったのが……」

おたきが櫛を指さした。

「これか……」

手にしているものを、信次は感慨深げに見た。

その手が小刻みにふるえる。

「あんたにあげるよ」

おたきは思いがけないことを口走った。

「おいらがもらうわけにゃいかねえ」

信次はあわてて言った。

「おとっつぁんらしいことは何一つしてやれなかったんだ。そんなおいらが、おたえの形見なんぞ……」

「あの子のために言ってるんだよ」

おたきは信次の言葉をさえぎった。

「おたえは、あんたをなじったりすることは一度たりともなかったんだ。勝手に出ていったのに、あんな薄情なおとっつぁんなんて、と文句を言ったことなどいっぺんもなかったんだよ。そんな、とっても気立てのいい子だったんだよ……」

おたきも涙声になった。

「おとっつぁんは、きっと戻ってくるってあの子は言ってた。料理の腕を磨いて、お土産をたんと持って戻ってくるって。そしたら、おいしいものをいっぱいつくってもらうんだって言って、にこにこって笑うんだ。おたえはそんな子だったんだ」

信次は答えなかった。

亡き娘の形見の櫛を目に押し当てて、ただ肩をふるわせるばかりだった。

「遅かったけど、その櫛があの子だと思って、料理をつくってやんなよ、あんた」

おたきは言った。

「この櫛が、おたえだと思って……」

手にしたものを、信次はもう一度見た。

「そうだよ。おとっつぁんの料理を食わしてやりな。死んじまったあの子のために、腕によりをかけてうまいものをつくってやりなよ、あんた」

おたきの言葉に、信次は短くうなずいた。

「分かった」

櫛に向かって言う。

「おめえのために、つくってやるよ、おたえ。それで……勘弁してくれ。薄情なおとっつぁんを、勘弁してくれ」

信次はいくたびも「勘弁してくれ」と繰り返した。

「ところで、おまえさん、次の厨のあてはあるのかい」

信次の手のふるえが止まったのを見計らって、おたきがたずねた。

「いや」

信次は首を横に振った。

「浅草の料理屋をしくじっちまって、いまはどこもあてはねえんだ」

情けなさそうに告げると、おたきの表情が変わった。

「なら、はまやを助けてくれないかい？」

芯に光のある目で言う。

「はまや、って、おめえがお運びをしてる見世かい」

「そうだよ。ずいぶんと世話になったんだけど、去年、先代が急に亡くなってしまってね。跡を継いだ丑之助さんはまだ二十だ。包丁の修業もろくにせずに見世を継いだものだから、なかなかうまくいかず、お客さんから味が落ちたって言われてしまってねえ」

「客足が落ちてきたのか」

信次の問いに、おたきは一つうなずいてから答えた。

「そうなんだよ。おかみさんからは、この調子じゃお運びの手間賃も出せないから、今月の晦日《みそか》いっぱいで辞めてくれと言われてる」

「そりゃ、困るじゃねえか」

「あたしなら、浜で干物の仕事をもらってなんとかやっていける。でも、はまやはあの調子じゃつぶれてしまうよ。先代には世話になったから、なんとかしてやりたいと思ってたんだ。そこで、あんたに頼みたいことがある」

「おいらが、はまやの厨に立てばいいんだな？」

信次はすぐさま呑みこんで答えた。

「そのとおりさ。はまやを立て直せるのは、あんたしかいないよ。罪滅ぼしだと思って、やっておくれでないか」

おたきの頼みに、信次は大きくうなずいた。

「おいらが身につけたことは、若いあるじに洗いざらい教えてやろう。ちょっとずつ、時をかけて」

「なら、さっそくこれから話をつけにいこうよ。あんた、はまやに住み込みでいいだろう？」

「かまわねえ。下働きでも力仕事でも、なんでもやるさ」

信次はそう言うと、櫛をふところに入れた。

包丁の隣に入れる。

胸の内で、櫛と包丁が寄り添った。

そして、もう一度娘の墓に両手を合わせた。

「おとっつぁんは長い時をかけて諸国を修業してきたが、何の芽も出なかった。すっかり落ちぶれて小田原へ帰ってきた。それでも……」

息を一つ入れてから、髷の細くなった料理人は続けた。

「まだ終わりじゃなかった。おっかさんが、最後の舞台をこしらえてくれた」

かたわらで、おたきがうなずく。

「おとっつぁんは、おめえも食うと思って、一生懸命につくるからな。おめえと一緒に、はまやの厨に立つからな。見守っててくれよ、おたえ」

帰ってきた父はそう言うと、ふところに入れた櫛をそっと押さえた。

第八章　心あかり

一

「そうだ。その動かし方でいい」

　はまやの厨で、信次が言った。

「はい」

　若い料理人が短く答え、慎重に包丁を動かす。

　いまつくっているのは鰈《かれい》の薄づくりだ。脂の乗った鰈を三枚におろして身を取り、皮を引く。それから、ごく薄いつくりにしていく。

　はまやの若主人の丑之助は、初めのうちはむやみに力が入っていてうまくいかなかった。そこで、信次は包丁の動かし方の極意を教えた。

包丁で切ろうとしてはいけない。包丁に備わっている重みで、ごく自然に息をするように切らなければならない。

「身は初めから切れていると思いな。切ろうとするからうまく切れねえ。包丁が入る向きさえ間違えなきゃ、すっすっと切れていくからよ。見な」

信次はそう言って丑之助に手本を見せた。

よろずにこんな調子だった。むろん、初めから手本どおりに包丁が動くはずがないのだが、まるで自信をなくしていたころとは出来が違った。

なにより、顔つきが変わっていた。古参の料理人から教えを受けることによって、はまやの若主人は忘れていたやる気を取り戻していた。

新しい作務衣に袖を通した信次も、十ばかり若返ったように見えた。亡き娘の櫛をふところに入れた料理人は、いままでほうぼうで培ってきた技を一つずつ丑之助に教えていった。

丑之助の母で、死んだあるじとともに長年はまやを支えてきたおいとも、ひと頃の気落ちから立ち直った。そういう気は見世に出る。老舗《しにせ》から遠のきかけた客足は少しずつ戻ってきた。

おかげで、おたきも晦日で辞めずにすんだ。魚がうまく、鍋物が恋しくなる冬場には、はまやののれんをくぐる者がだんだんに増えた。

もともと、はまやには名物料理がいろいろあった。

たとえば、伊勢海老の具足煮《ぐそくに》だ。

伊勢海老をさばいて砂袋を取り除き、頭と胴をさっと水で洗う。これはあくを取るために欠かせないのだが、丑之助は頭に入っていなかった。

鍋でまず酒を煮切り、味醂、塩、薄口醤油を加えて煮立てる。そこへまず海老の頭を入れ、落とし蓋をして強火で煮る。

海老の頭が赤く染まったら、今度は胴だ。煮汁を折にふれて回しかけ、味をなじませながら煮ていく。

仕上げは生姜汁だ。これを入れるのと入れないのとでは、味の締まり方が違う。最後に加えてすぐ火を止める。

具足煮は盛り付けにも気を遣う。胴の身を素早く殻から外し、食べよい大きさに切って殻に戻してやるのだ。料理人の腕が問われる手わざだった。

場数《ばかず》を踏むにつれて、丑之助の腕も上がった。はまやの名物料理は、こうして復活を遂げた。

浜焼きの鯛鍋も、はまやの名物の一つだった。

海の水に浸けたままの鯛をじっくり煮ていくと、塩気とうま味だけが残る。これに昆布だしと酒を足し、長葱や白滝などを加えて煮れば、野趣あふれるうまい浜焼きの鯛鍋になる。

信次はこれに手打ちうどんを入れた。初めのうちはなんとも怪しい手つきだった丑之助だが、だんだんにきれいに麺を切れるようになった。

「うどんを打てれば、冬でも夏でもいろいろ使えるからな」

指南役が板についてきた信次が言った。

「冬場の鍋には、うどんがいちばんですね」

すっかり表情が明るくなった若主人が答える。

「具からだしが出るからな。なによりうまい汁になるさ」

信次は笑って答えた。

こうして、はまやはかつての活気を取り戻した。

のどか屋にならって、昼には膳を出すことにした。信次の指導のもと、丑之助が懸命に手を動かし、おかみのおいとと手伝いのおたきが運ぶ。

江戸から来た凄腕の料理人がはまやの厨に入った。あそこの昼の膳はうまいぞ。食わなきゃ後悔するぞ。

たちまちそんな評判が立ち、客がどんどん詰めかけるようになった。

ことに評判が良かったのは、帆立貝《ほたてがい》の炊きこみ飯だった。柱と紐を酒蒸しにして食べよい大きさに切り、油揚げとしめじとともに炊きこむ。だしと醬油と味醂と酒、それに塩を加えて炊きこめば、実に香ばしい風味豊かな飯になる。

これに朝とれの新鮮な魚の刺身と椀と香の物がつく。ときには切干大根やひじきの煮付け、五目豆や青菜のお浸しもつく。うまくて安くて精のつくはまやの昼の膳を味わうために、わざわざ街道を外れて足を運んでくれる客までいた。

「先代のころよりいい味が出てるじゃねえかよ」

「ひと頃はどうなることかと思ったがな」

「いい料理人が入ってくれて、助かったなあ」

古くからの常連は、口をそろえて言った。

「ほんに、これで去年死んだあの人もほっとしてるでしょう」

おかみのおいとは、そう言って胸に手をやった。

のどか屋のような一枚板はないが、信次は進んではまやの客と話をした。料理を盛った皿や椀は、必ず両手で下から出した。

「あんた、ずっとはまやで働くのかい。それとも、いずれはどこぞで見世を開くつもりかい」

　あるおり、常連の蒲鉾づくりの元締めがたずねた。

「もうこの歳ですから、ここに骨を埋めるつもりでやらせてもらいます」

「そうかい」

「おいらの知ってることや身につけた技は、丑之助さんに洗いざらい伝えるつもりでやってます」

「そりゃあ、いい心がけだ。気張ってやりな」

　その言葉どおり、毎晩のれんをしまったあとも、信次は丑之助に料理を次々に教えていった。

　丑之助も懸命に覚えようとしたのだが、もともと体があまり強いほうではない。先代が亡くなってから、少しでも客をつなぎ止めようと休みなくのれんを出していたということもあって、とうとう疲れで寝込んでしまった。

「お客さんも来てくれるようになったし、決まった日に休むようにしたほうがいいかもしれないわね。わたしも齢《とし》で体が大儀だし」

　おいとがあるおりに言った。

　丑之助に長く寝込まれたら困るので、信次とおたきはもろ手を挙げて賛成した。のれんを出さない日にも仕込みはあるが、それは信次とおたきが請け負い、丑之助にはのんびりと釣りにでも行ってもらうことになった。

おたきは長年、浜で干物づくりを手伝っていたが、毎日坂を上り下りするのは大儀だ。

はまやも勢いを取り戻したし、おいとから声をかけられたのを幸い、おたきも見世に住みこむことにした。

祝いごとで使うはまやの離れに布団を敷いて、信次とおたきはともに寝ることになった。二十年あまりも間が空いたが、流れる川の水がごく自然に合わさって、二人は再び夫婦《めおと》になった。

明日の仕込みが終わり、遅く床に就くとき、信次は必ずふところからおたえの櫛を取り出した。

「今日も一日、忙しかったな、おたえ」

ずっと胸に入れていたから、そこはかとない温みを持っている娘の形見に向かって、信次はいつも語りかけた。

「よかったね、おたえ。いつもおとっつぁんと一緒で」

おたきも笑顔で和した。

「あしたも頼むぞ」

信次はそう言って櫛をやさしくなでてやった。

二

季《とき》は移ろい、小田原の浜にも木枯らしが吹くようになった。

そんなある日、昼のかき入れどきが終わったはまやののれんを、一人の異貌の侍がくぐった。

「おや、安東さま」

信次が声をあげた。

「やっぱり、そうだったかい。はまやって見世に、江戸から凄腕の料理人が入った。見たこともねえ料理を出すから、いっぺん食いにいってみな、としゃべってる声がおれの地獄耳に入ったもんでな」

あんみつ隠密はそう言って、いくらかとがった耳を指さした。

「おかげさんで、料理人としてつとめさせていただいてます。のどか屋のみなさんはみなお達者ですか?」

「ああ、ご隠居や家主や湯屋のあるじ、客もみんな達者だよ」

「そりゃあ何よりで。……お、こちらは江戸で世話になった安東さまっていうお方だ。女房のおたきで」

信次は照れ臭そうに紹介した。

「おう、首尾よく女房を見っけて、よりを戻したのかい。そいつぁ隅に置けねえな」

「はい、死んだ娘の導きで」

「死んだ？」

安東の顔つきが変わった。

「はい。十年あまり前の出水で死んじまったそうで。なんにもしてやれなかったから、おいらが死ぬまで月命日には墓参りをしてやろうと思ってます。せめてもの罪滅ぼしに」

「そうかい……」

一つうなずくと、安東はやんわりと表情を崩して言った。

「そうしてやんな。何よりの供養になるだろうよ」

「はい」

信次は感慨深げにうなずいた。

はっきりとは言わなかったが、安東はつとめで小田原に来ているようだった。小腹が空いたと言うので、信次は丑之助とともにさっそく包丁を握った。

ちょうどその日は、網元の娘の縁談が決まったという祝いごとがあった。とりたてて構えた宴ではなく、内々での祝いだ。

信次はここぞとばかりに鱚《きす》の金麩羅《きんぷら》を揚げた。

当時の玉子は貴重な品だ。その黄身だけをぜいたくに衣に使った金麩羅は、見るなりため息がもれるようなつややかさだった。

むろん、食してもうまい。

上品な鱚の身に、さくっとした金麩羅が絶妙に合う。

「うん、うめえ」

あんみつ隠密は笑みを浮かべた。

「つゆに味醂を足して、甘くしておきましたので」

「心得てるな」

「のどか屋で修業したもので」

信次がそう答えると、甘鯛の蕪《かぶら》蒸しの下ごしらえをしていた丑之助が脇から言った。

「おいらもいっぺん行ってみたいですね。江戸ののどか屋さんに」

休んだ甲斐があって、丑之助はすっかり元気を取り戻していた。

「おう、そりゃあいい。なによりの修業になるぞ」

古参の料理人はそう言うと、おたきのほうを見た。

「そのうち、御礼にいかなきゃな。小田原の干物でも提げて」

「そうね。おたえも江戸見物をしたがってたし」

「そうかい……」

「おとっつぁんは江戸で見世を出してるかもしれないから、探しに行くのって言ってたんだよ、あの子」

その言葉を聞いて、信次は続けざまに瞬きをした。

「おとっつぁんには、そんな甲斐性はなかったんだ」

と、着物の上から手を当てる。

「形見でも入ってるのかい」

鋭く察して、安東がたずねた。

「へい、櫛が」

あいまいな顔つきになって、信次は短く答えた。

「そうかい。そのうち一緒に江戸見物につれてってやりな。親子水入らずでよ」

あんみつ隠密が言うと、信次もおたきもうるんだ目でうなずいた。

蕪蒸しができた。

甘鯛は三枚におろして腹骨をすき取り、塩を振って半刻ほどおく。それから酒を振りかけ、ほどよく下蒸しをする。

蕪は巻き簀の上ですりおろし、水気をいい按配に切ってやる。

「切りすぎちゃいけねえぞ。ぱさぱさした仕上がりになっちまうからな」

信次は丑之助の手元に鋭いまなざしを送っていた。

「はい……このくらいでしょうか」

「それじゃ甘い」

「これくらい?」

「ああ、いいだろう」

信次はうなずいた。

汁気をほどよく切った蕪は鉢に入れ、よく泡立てた玉子の白身と塩を加えてまぜあわせていく。

器に下ごしらえを終えた甘鯛を入れ、その上にふわふわの蕪をのせて、弱火でじっくりと蒸す。

仕上げは銀あんだ。

だし汁に酒、味醂、塩、薄口醬油を加えて味を調え、水で溶いた葛粉で品のいいとろみをつける。この銀あんを、蒸しあがった甘鯛の上からかける。

最後に、おろし山葵を天盛りにすれば、いくつもの味が響き合う、えもいわれぬ味の蒸し物になる。

「うん、うめえ」

安東が珍しく「甘え」ではなく「うめえ」と口走った。

「こりゃあ、口福《こうふく》だね。小田原でこんな上品な料理を食べられるとは思わなかったよ」

はまやの常連がうなった。

「崩して食べるのがもったいないくらいだね」

「上から順に、おろし山葵、銀あん、ふわふわの蕪、その下に味がぎゅっと締まった甘鯛が入ってる。こりゃあ、並の技じゃないね。どこでおぼえたんだい」

客の一人がたずねた。

「京で修業をしているときに身につけました。甘鯛も蕪もなかなかいいものが入るので。甘鯛は、ぐじという名前で呼ばれてるんですが」

「へえ、耳の養いになるな」

「そう言った年季が、素直に味に出てるよ。この調子でやりな」

安東が励ました。

「ありがたく存じます」

信次は深々と頭を下げた。

三

それから、いくらか経った。

はまやのおいとと丑之助は、箱根湯本《はこねゆもと》へ湯治に行くことになった。丑之助には妹がいて、縁あってそちらの温泉場へ嫁いでいる。父が死んでからは、なかなかはまやを離れることができなかったが、やっとひと息ついたので久々に出かける気になったらしい。

明日は休みだから、昼のかき入れどきの波が引きかけたところで、はまやの親子は見世を出た。

「なら、相済みません。あとはよろしゅうに」

おいとが言った。

「どうかお気をつけて」

おたきが笑顔で見送る。

「では、師匠、湯治に行かせてもらいますので」

丑之助は信次を師匠と呼ぶようになっていた。

「ああ。湯本まで街道を歩いていって、いい湯に浸かれば、見違えるほど丈夫な体になるぞ」

信次はそう言って送り出した。

その日の昼の膳は、生姜と油揚げがたっぷり入ったさっぱりした飯に、脂ののった寒鰤《かんぶり》の照り焼き、それに芽葱《めねぎ》と豆腐の赤だしという取り合わせだった。

油揚げと生姜をふんだんに炊きこんだ飯はことに好評で、早めに売り切れてしまった。信次とおたきは、いくたりもの客にわびたほどだった。

今日のはまやの見世先には貼り紙が出ていた。

本日、暮れ六つにて、見世じまひをさせていただきます。

昼ばかりでなく、日の暮れがたからも多くの客がはまやののれんをくぐってくれるようになった。

決まった膳が出る昼とは違って、夕方から夜の部では凝った料理が出る。信次は諸国で培ってきたものをすべて丑之助に教えるつもりだから、次々に技を繰り出してくる。その料理が客の評判を呼び、見世が繁盛するというふうに、うまい調子に車の輪が回りはじめていた。

「『見世じまひ』って、のれんを下ろすわけじゃないんだろう?」

常連のあきんどが笑みを浮かべてたずねた。

「滅相もない。はまやののれんは末長く続きますよ」

信次はすぐさま答えた。

「おかみと丑之助が湯治に出かけたから、今日だけ早く閉めるんだな」

「ええ、まあ、そんなところで」

信次はややあいまいな返事をすると、おたきの顔をちらりと見た。

おたきがうなずく。

今日がどういう日か、女房から教えられた。

この日のために、信次はいろいろと思案をしてきた。

初めのうちは、あれもつくろう、これもつくろう、と考えていたのだが、結局は思い直した。品数を絞り、心をこめてつくってやろうと考えを改めたのだ。

「おや、いい香りがするね。ぜんざいかい？」

べつの客が、いささか意外そうにたずねた。

「ええ。いい小豆が入ったものですから、お赤飯とぜんざいにしてみました」

信次が笑顔で言った。

「赤飯は折り詰めにもできますので、お持ち帰りくださいまし」

おたきも和す。

「そうかい。なら、手土産にちょうどいいな」

「焼き物なんかも入れて、按配よく詰めてくれるかな」

「そりゃあいい。さっき食べた甘鯛の焼き物はとろけそうなほどうまかった」

ほうぼうから声が飛んだ。

「承知しました。では、そうさせていただきます」

信次は腰を低くして答えた。

その日の客は、酔いざましにぜんざいを食べてから帰る者が多かった。

「甘いものはあんまり得手じゃなかったんだがね。このぜんざいはべつだよ」

「そうそう。むやみに甘くないのがいい。ちょいと後を引く感じが絶妙だね」

「紫蘇《しそ》がついてるのがまた小粋じゃないか。いくらかまぜて食べたら、大人の味になるよ」

さほど期待していたわけではなかったのだが、客の評判は上々だった。

ほどなく、暮れ六つの鐘が鳴った。寺の梵鐘《ぼんしょう》の音が、はまやにもしみじみと届いた。

「毎度ありがたく存じました」

「またのお越しをお待ちしております」

信次とおたきは最後の客を送り出した。

「今夜はこれから水入らずかい」

赤飯の折り詰めを提げた客が冷やかすように言う。

「まあ、そんなところで」

信次はそう答えておいた。

最後の客を見送ると、おたきは貼り紙をはがし、はまやののれんをしまった。

風が出てきた。

海のほうから吹きつけてくる強い風だ。

「思い出すわね」

おたきがぽつりと言った。

「その日も、風が強かったのかい」

信次はたずねた。

「雨もひどかったよ。そのせいで……」

おたきはあとの言葉を呑みこんだ。

出水が起きて、おたえが流されてしまった。

改めてそう口に出すのは、あまりにもつらかった。

十年あまり前の今日、一人娘は水に呑まれて死んだ。

今日は、おたえの命日だった。

四

「花は、おいらがつくってやる」

と、信次は言った。

「あいよ」

短く答えて、おたきは座敷の片付けを始めた。

今夜はもう客は来ない。

来るとすれば、十年あまり前の出水で死んだ娘だけだ。

おたえが好きだったものをつくって、娘だけの膳にして並べてやろうと信次は思い立った。

たった一人の娘に何もしてやれなかった愚かなおとっつぁんの、それがせめてもの罪滅ぼしだ。

赤飯とぜんざいは、おたえの膳にも出すつもりでつくった。もちろん、はまやのおかみの了解は得た。わけを話すと、おいとは快く許してくれた。

座敷がきれいになった。

はまやには、親に連れられてわらべの客も来る。小さな花柄の座布団を敷き、猫足のついた黒塗りの膳を置いて、まず赤飯とぜんざいを並べた。

一緒にいたのは、おたえが五つのころまでだ。

小田原に小さな見世を構え、「山王の赤提灯」としてそれなりに客が入ってくれていたのに、信次はいつもさえない表情をしていた。

（こんなところにくすぶってちゃいられねえ。おいらは日の本一の料理人になると決めたんだ。こんな田舎のちっぽけな見世ののれんで満足してちゃいけねえ。こうしてちゃいられねえぞ）

そんな思いがあったものだから、娘のおたえにもろくに父親らしいことをしてやれなかった。

いまは、悔いだけが募る。

（何が日の本一の料理人だ。いくらほうぼうを渡り歩いて腕を磨いたと言っても、「これで終わり」ということはない。

それなら、同じ小田原の浜の料理人でいても大した違いはなかった。それぞれの季節によって揚がる魚が違う。そこから料理は千変万化《せんぺんばんか》する。それだけでも極めることは難しい。

だから、浮足立たずに小田原にいればよかった。そうしていれば、おたえを死なさずにすんだかもしれない）

そう思うと、信次は何とも言えない心持ちになった。

「そうそう、おたえは玉子焼きが好きだったね」

おたきがだしぬけに言った。

「ああ……そうだったな」

信次も思い出した。

まだ小さかったころ、玉子焼きをつくってやると、おたえはいつも喜んで食べてくれた。おたきがふうふう息を吹きかけ、食べよい大きさにちぎったものを、はふはふ言いながら食べていた。

「つくっておやりよ、あんた。あの子のために」

おたきが言った。

「ああ」

そううなずいたとき、だしぬけに記憶がよみがえってきた。

おたえは甘い玉子焼きが好きだった。青海苔がたっぷり入っているものをおいしそうに食べていた。おたえの玉子焼きをつくるときは砂糖を増やし、醤油を少し控えめにしていた。

そんな細かなところまでありありと思い出されてきて、父はたまらない気分になった。

「おめえも食うかい？」

鍋を取り出したところで、信次はおたきにたずねた。

「いただくよ。あたしの分には、大根おろしを添えておくれでないか」

「分かった。そういえば、おたえは大根を食わなかったな」

「そう。苦いって言ってね」

おたきが笑う。

「ただ、大根でつくってやるむきものは喜んでた。それをあいつの膳に供えてやろうと思う」

「ああ、きっと喜ぶよ」

風の音がだんだん高くなってきた。

ただし、雲は消えたようだ。見世の土間にまで、いやに冴えた月あかりが斜めに差しこんできた。

信次は玉子焼きをつくった。

薄くのばした玉子を箸で持ち上げ、油を引いてからその下にも溶き玉子を流しこんでやる。これをいくたびか繰り返すと、きれいに巻かれた玉子焼きになる。

単純な料理ほど、つくり手の腕が問われる。玉子から出た泡を素早くつぶす手の動き一つで、仕上がりが微妙に変わってくる。

ほどよく焼きあがった玉子焼きを簀の子の上に置き、きれいに形を整える。粗熱《あらねつ》が取れたところで切ってやれば、わらべのだれもが喜ぶ玉子焼きの出来上がりだ。

「お待ち」

信次は二つの皿に玉子焼きを盛って、座敷に運んだ。

おたきの分には大根おろしを添えた。醬油をいくらかたらし、青海苔の香りのする玉子焼きにのせて食す。

「おいしい……」

おたきが笑みを浮かべた。

「おまえも、食え」

信次は娘の膳に向かって言った。

それから、厨に戻り、むきものをつくりはじめた。

大根と人参で二色《ふたいろ》の菊をつくる。

まずは白菊だ。

大根を薄いかつらむきにし、しんなりするように塩水に浸ける。ほどよいところで引き上げ、ていねいに二つ折りにする。

続いて、袋になっている側から包丁を入れていく。切りすぎてはいけない。上の三分の一くらいをきれいに残し、なおかつ切り幅をそろえなければならない。包丁人の手わざが問われる細工仕事だ。

芯にするのは、筒に切ってゆでておいた人参だ。紅い人参の芯に白い大根の花を咲かせてやる。

端から端まで慎重に大根を巻きつけると、楊枝で留めて水に放す。すると、水の中で少しずつ白い菊の花が開いていく。

「ほんとに花が開いてくみたいね」

そのさまを見たおたきが、感に堪えたように言った。

「次は紅いのをつくるぞ」

信次は二輪目の菊をつくりだした。

今度は逆で、大根を芯にして人参の花を咲かせる。ややあって、紅白の菊が美しく咲いた。

「見な」

娘の膳に置く。

座敷に座り、信次は言った。

「おとっつぁんがつくった菊だ。おめえの命日にお供え物をするのは初めてだ。いままで顔を見せずに、悪かったな。薄情なおとっつぁんを許してくれ」

もちろん、返事はなかった。

風の音だけが聞こえる。

「あの世から、この菊が見えるかい？　見えたら来てくれ、おたえ。おとっつぁんはな、おめえにわびてえんだ。父親らしいことを何にもしてやれず、死なせちまってすまなかった、ってな。おめえの好きなものは、何だってつくってやるぞ。おめえだけのために包丁を握ってな、おとっつぁんがつくってやるからな」

おたきは口をはさまなかった。袖を目にやり、声を殺して泣いていた。

「おとっつぁんはあっちへふらふら、こっちへふらふらしながら、暗い道を歩いてきた。それで、この歳になって、ようやっと灯りを見つけた。だがよ、その灯りを訪ねてここまで来てみたら、おめえはもうこの世にいねえんだ。そんなことがあるかよ」

信次はひざをこぶしでたたいた。

「いや……おいらの料簡が違ってたから、罰《ばち》が当たったんだ。おめえが出水に呑まれたのも、おとっつぁんのせいだ。みんなおいらが悪いんだ。許してくれ、おたえ。おとっつぁんを許してくれ」

信次はがっくりとうなだれた。

ひざに涙がしたたる。料理人の肩がふるえる。

「あんた……」

おたきがその肩にそっと手を置いた。

次の刹那《せつな》、信次ははっと顔を上げた。

風の音にまじって、たしかに聞こえた。

はまやの屋根に、ぱらぱらっと小石が落ちる音がした。

おたきも聞いた。

同じほうを見る。

「おたえ……」

信次はやにわに立ち上がった。

戸口へ向かう。

「どうしたの、あんた」

おたきが追った。

信次は急いで外へ出た。

「あいつだ……おたえが帰《けえ》ってきたんだ」

そう答えるなり、信次は月あかりの道へと駆け出した。

五

「待って」

おたきは信次の背を見ながら駆けた。

「待ってよ、あんた。あの子が帰ってくるはずが……」

ない、と言おうとして、おたきは言葉を呑みこんだ。

行く手の辻で、白い影がさっと揺れた。

月あかりに照らされ、かすかに着物の色が浮かびあがる。

桜色だ。

母も好んだ片滝縞の桜色の着物を、おたえはとても好きだった。

「おたえ」

信次は角を曲がった。

そして、目を瞠った。

海へつづく坂道の途中で、ぽつねんとたたずんでいる影があった。

それはひどく弱々しく、いまにも消えてしまいそうに見えた。

「あんた……」

信次のうしろで、おたきが息を呑む気配がした。
二、三歩前へ、信次は走った。
「来ないで」

と、おたえは言った。

なぜそう言ったのか、近づいてみると分かった。

娘の目は、そこだけ白くなっていた。

生ける者ではない証しだ。もう黒い瞳ではない。

「行っちゃいけねえのかい。おとっつぁんはな……おめえにわびてえんだ」

信次が言うと、おたえはゆっくりと首を横に振った。

「帰ってきてくれたのね、今夜だけ」

母が声をかけると、坂道にたたずむ影はこくりと一つうなずいた。

信次はふところから櫛を取り出した。

「これを、おめえだと思って、おとっつぁんは、肌身離さず持ってるぜ。そんなことで、罪滅ぼしにゃならねえけどな」

影がまたうなずく。

白かったその瞳が、束の間、黒くなったように見えた。昔と同じ、娘の目になったような気がした。

「大きくなったな、おたえ」

と、父は言った。

「勝手に飛び出しちまって、面目ねえ。おとっつぁんはな……」

信次は声を詰まらせた。

かけてやりたい言葉はいろいろあったが、思いがあふれてまとまらない。

「もう帰るのかい？」

代わりにおたきがたずねた。

うん、と影がうなずく。

「おとっつぁんも、おっつけおめえのとこへ行くからな。それまで待っててくれな、おたえ」

喉の奥から絞り出すように、信次は言った。

風が吹く。

夜の海風に吹かれて、白い影がふっとゆらいだ。

「長生きして、おとっつぁん」

と、おたえは言った。

「おいしいお料理を、たくさんつくって」

「ああ……おめえのためにも、つくってやらあ」

目元を袖でぬぐうと、信次はさらに続けた。

「寒かっただろう。つらかっただろう。おとっつぁんが代わってやれなくて、すまなかったな。勘弁してくれ、おたえ」

影は、ううん、と首を横に振った。

「ずいぶん時がかかったけど、おとっつぁんはこうして帰ってきてくれた。おまえも、お盆や命日のたんびに戻ってきておくれ、おたえ」

おたきが言った。

「おめえの好きなものは、何だってつくってやるぞ。いくらでも、おとっつぁんがつくってやるぞ」

いまにも消えそうな影に向かって、信次は懸命に語りかけた。

「ありがとう、おとっつぁん……」

風の音にまぎれるように、娘の声が響いてきた。

「それだけじゃねえや。この櫛がおめえだと思って、おとっつぁん、いろんなとこへつれてってやるぞ。江戸のほうぼうを見物させてやるからな」

信次の右手で、櫛が小刻みにふるえた。

「楽しみだね、おたえ」

おたきが笑った。

「うん」

娘がうなずいた。

「ほんとはよう、おめえを肩車してやりてえ」

信次が櫛で肩をたたいた。

「ちっちゃいころ、おとっつぁんはろくに遊んでやれなかったから……おめえを抱っこして、『ああ、重くなった、大きくなった』って言ってやりてえんだ」

影がゆらりと前へ動いた。

だが、思いとどまるように、またいくらか遠のいた。

「いま出水が来たら、何があっても助けるのによう。おめえの手を放しゃしねえのによう。なんでそのときいなかったんだよ。この、馬鹿野郎が」

信次は櫛でわがほおを張りとばした。

「もう、いいの」

おたえの声が聞こえた。それはまだたしかに耳に届いた。

「おとっつぁん、帰ってきてくれたから。あたしのとこへ、帰ってきてくれたから……」

「そうだよ、おたえ」

母が言った。

「おとっつぁんはね、日の本一の料理人になって帰ってきたんだよ。おまえが言ってたみたいに、だれにも負けない料理人になって小田原に戻ってきたんだ。たとえ錦は着てなくたって、腕は日の本一さ。おとっつぁんはおまえとの約束を果たしたんだよ」

その言葉を聞いて、信次はまた男泣きを始めた。

「達者でね、おとっつぁん」

と、おたえは言った。

「ああ……」

信次は涙をぬぐって前を見た。

桜色の着物が、闇の中に、まだぼんやりと浮かんでいた。

おたえは死んでも、十年あまり前に出水で亡くなっていても、その心はまだ生きていた。心にあかりがともっていた。

だからこそ、姿が見える。着物の色が見える。

「そろそろ、行かないと……」

おたえが振り向いた。

「帰るのかい？　おたえ」

おたきがたずねた。

向き直り、こくり、とうなずく。

「気をつけて帰れ」

信次は言った。

「うん」

「海へ、帰るのか？」

また、こくり、と首が揺れる。

「水が、つめてえだろう。風邪を引くな、おたえ」

「おとっつぁんも……どうか達者で」

「ああ。また会おうな」

信次がそう言うと、おたえは最後に笑った。

見送ってくれる両親に向かって、昔と同じ笑みを見せた。

海へつづく坂道を、影がすべるように消えていく。

かすかな桜色に染まった心あかりが、提灯のように揺れながら小さくなっていく。

「おたえ！」

信次は精一杯の声で叫んだ。

「また来るんだぞ。おとっつぁんは、待ってるぞ」

心あかりの動きが止まった。

蛍火のように瞬《またた》く。

「さようなら……」

最後に、声が聞こえた。

「おっかさん、おとっつぁん、さようなら……」

なつかしい声は、それきり聞こえなくなった。

心あかりが消えた。

暗い坂道に、もう人影はなかった。

それでも、信次の目にはまだ見えていた。

闇の中で揺れる娘の心のほのかな灯りが、たしかにまだその目に映っていた。

第九章　町飯《まちめし》、隠密煮、年輪煮

一

「早いもんだねえ。ついこないだ正月だったような気がするのに、もう師走《しわす》だよ」

のどか屋の一枚板の席で、隠居の季川が言った。

「ほんとにねえ。歳を取るわけですね」

隣に座った人情家主が言う。

「わたしの前で言わないでおくれでないか、源兵衛さん」

「いやいや、ご隠居は年々若返っているような気がしますから」

家主はそう言って、小鉢にすっと箸を伸ばした。

椎茸と蒟蒻《こんにゃく》の生姜煮だ。

干し椎茸の戻し汁にだしと醤油と味醂を加え、蒟蒻をことことと煮る。煮汁が少なくなってきたところで、みじん切りにした生姜を加える。素朴だが妙にあとを引く、のどか屋らしい小料理だ。

「かあー、冬場はこれに限るな」

「はらわたまであったかくなるぜ」

「酒もすすむしよう」

座敷には、同じ半纏をまとった職人衆が陣取っていた。

みなで囲んでいるのは煮奴《にゃっこ》の鍋だ。木綿豆腐をだしで煮ただけの簡明な鍋で、いちばん安上がりにあたたまるにはもってこいの品だった。

「でもよう、せっかくの祝いなのに、煮奴だけじゃいつもとあんまり変わり映えがしねえな」

親方が言った。

今日は祝いごとで来ている。長年、住みこみで樽《たる》づくりの修業をしてきた職人が、晴れて通いになる。長屋住まいとはいえ、ひとかどの腕になった証しだ。

「いえ、おいらは煮奴で十分なんで」

上座に座らされた職人はあわてて手を振った。

「おまえさん、そろそろあれが」

おちよがそれと察して声をかけた。

「寒鰤の照り焼きをつくれる頃合いなんですが、いかがいたしましょうか」

厨から時吉がたずねた。

「おう、そりゃいいな。せっかくの祝いだ、どんどん食え。食いてえものがあったら、おれが頼んでやる」

「へい、ありがたく存じます」

職人は親方に向かって頭を下げた。

「わたしにもおくれでないか、寒鰤の照り焼き」

「なら、わたしも」

一枚板の席から手が挙がる。

ぐっと脂《あぶら》の乗った寒鰤を切り身にし、塩を振って四半刻ほど置く。酒が一、醬油が二の割りでこしらえた漬け地に切り身を入れ、ときおり返してやりながらまた四半刻あまり漬ける。

師匠の長吉は、冗談まじりに弟子たちにこう教えたものだ。

「小町娘にきれいなべべを着せたら、べっぴんがなおさら引き立つようなもんだ。ていねいに漬け地を着せてやれ」

　こうして下ごしらえを終えた寒鰤を網焼きにする。

　皮目を下にして、漬け地をたれにし、刷毛で身に塗っては乾かしながら焼いていく。三度ばかりこれを繰り返せば、なんとも香ばしい寒鰤の照り焼きの出来上がりだ。

「こりゃあ、こたえられないね」

　隠居が笑みを浮かべた。

「素材と技が、うまいこと響き合ってますなあ」

　家主も和す。

「うめえ」

「そのひと言」

「鰤も成仏してるぞ」

「ついでに漁師も成仏でい」

「人まで成仏させてどうするよ」

　座敷の職人衆がさえずる。

　初めは上座で据わりの悪そうな顔つきをしていた職人も、ほどよく焼けた寒鰤を口に運ぶと、満面に笑みを浮かべた。

時吉は次々に料理をつくった。

平貝《たいらがい》の西京《さいきようや》焼きは、さらりと出された小皿だが、仕上がるまでに三日を要していた。西京味噌と酒粕をまぜた地に、薄皮を取って塩をした平貝の身を漬け、上からまた味噌をかぶせておく。

こうしてじっくりと味をなじませた平貝をさっとあぶれば、こりこりとした歯ごたえの酒の肴になる。

「三日漬かるだけで、こんないい味が出るんだな。おめえもこのくらいは漬かってるだろうよ」

親方が通いになる職人に声をかけた。

「食ったらうめえかもしれねえぜ」

「いや、おいらは貝のほうにしとこう」

「そりゃ、そうだ」

そんな調子で、座敷に和気が満ちた。

「上手だね、千吉」

見世の隅でお手玉をしていた息子に、おちよが声をかけた。

「うん」

と、元気よく答えて、わらべが手を動かす。

お手玉は女の子の遊びだが、足が悪くて駆けたりできない千吉は、このところ好んでお手玉をやっていた。手は存分に動くから、客が感心するほどだ。

軽やかな玉の動きに釣られて、猫たちがわらわらと集まり、ひょいひょいと前足を出してさわろうとする。

「だめよ、ゆきちゃん。のどかも」

千吉が押しのけるたびに、のどか屋に笑いの花が咲いた。

下ごしらえの手間がかかる料理もあれば、さっと出すものもある。そのあたりの自在さものどか屋の持ち味だ。

今度は串を揚げた。

大蒜《にんにく》と牛蒡。どちらも素揚げでうまい。

もう一つ、薄く切った蓮根も素揚げにした。からっと揚げた蓮根には、何とも言えない甘みがある。これに塩を振って食せば、素朴ながらも口福《こうふく》の味になる。

「こりゃあ、いくらでも呑めるぞ」

「煮物も出たしな」

職人の一人が、箸で小鉢を指した。

章魚《たこ》と大根をやわらかく煮たものだ。くどくないほっとする味つけは、のどか屋ならではだ。

そうこうしているうちに、また一人、常連がのれんをくぐってきた。

湯屋の寅次だ。

番台を息子に代わってもらい、いつものようにいそいそと呑みにきた。

「そうかい。明日から通いか。そいつぁ、めでてえな」

岩本町のお祭り男は、さっそく座敷の職人に声をかけた。

「おかげさんで」

実直そうな職人が頭を下げる。

「ところで、小田原へ行った信次さんはどうしたんだろうねえ」

章魚と大根の煮物をうまそうに口に運んでから、湯屋のあるじはたずねた。

「先だって安東さまが見えて、また小田原へおつとめに行くって言ってらっしゃいましたが」

おちよが答える。

「なら、おっつけ顔を見せるかな？」

「上首尾だといいねえ」

隠居はそう言って、次の肴に箸を伸ばした。

切り干し大根をさっぱりと胡麻酢で和えた小鉢だ。

水で戻してからゆで、水気を絞った切り干し大根と、せん切りにしてほどよくゆでた人参を醤油でさっと洗う。こうして下味をつけておいて、隠し味に甘めの白味噌を加えた胡麻酢で和えれば、恰好の箸休めのひと品になる。

「安東さまも小田原のおつとめが忙しいでしょうから、なかなか戻ってこられないんでしょう」

手を止めずに、時吉は言った。

南瓜《かぼちゃ》の煮物が仕上がった。

こっくりと濃い味で煮てもいいが、今日は品よく京風に薄味で煮てみた。だしが十五に、薄口醤油と味醂が一の割りだ。

野菜の棒手振りの富八から仕入れたとき、すぐさまこの煮物が浮かんだ。南瓜の甘さを引き立たせるためには、煮汁は薄味にかぎる。

「小田原のつとめって言ったら、蒲鉾でもつくってるみたいだがね」

隠居がそう言って笑った。

「そう言や、小菊で蒲鉾の細工寿司を出してたよ。食ってみると、意外にうめえんだ、これが」

「へえ、そりゃあ食べてみないと」

おちよが身を乗り出してきた。

千吉はお手玉に飽きたようで、今度は炭で板切れに何やら描きはじめた。

うっかりほおっておくと何に落書きをされるか分からないから、いくら書かれてもかまわない板を先に与えておいた。このあたりは、わらべとの知恵くらべだ。

座敷のほうは、ささやかな宴《うたげ》がたけなわになってきた。

「おう、何かしゃべれ。うめえものを食わせてやったんだからよ」

親方がうながす。

「へ、へい……」

明日から通いになる職人は困ったような顔つきになったが、やがて肚《はら》をくったように しゃべりだした。

「本日は……ありがたく存じます。明日からは通いで、たまにふらっとのどか屋さんののれんをくぐって、晴れてそこに座ったりできるようになるかと思ったら、なんだか胸が一杯で」

職人はそう言って、檜の一枚板の席を指さした。

「おれらは普通に座ってるけど、おめえさんにとっちゃ、ここはあこがれの席だったんだな」

寅次がそう言ってひざを打った。

「そんなことは、いままで考えもしなかったよ」

と、隠居。

「そりゃあ、ご隠居さんは仕方ないですよ。ここに根が生えてるようなもんだから」

人情家主の言葉に、のどか屋がまたどっとわいた。

二

あんみつ隠密が姿を現したのは、翌々日のことだった。

「おっ、ちいと早かったか」

千客万来の見世の中を見渡して、安東満三郎が言った。

「まあ、安東さま、お帰りなさいまし」

せわしなく膳を運びながら、おちよが声をかけた。

「お帰りなさいまし」

時吉も和す。

「おう、無沙汰だったな。なら、せっかくだから膳をもらおうか」

あんみつ隠密はそう言って、土間の駕籠かきの隣に座った。

今日の飯は素朴な炊きこみご飯だ。

椎茸、人参、油揚げに牛蒡に蒟蒻。とくに変わったものは入っていない。

味つけも、昆布と鰹節のだし汁に醤油と塩と味醂を加えただけだ。どこも奇をてらっていないただの炊きこみ御飯だが、控えめながらもそれぞれの具が味を出していて、まとまると思わずお代わりをしたくなるうまさになる。

「旦那、ここの常連かい？」

駕籠かきが気安く声をかけてきた。

「おうよ。駕籠のほうはどうだい。もうかってるかい」

あんみつ隠密も軽く答える。

「まあまあだな。格別によかあねえが」

「まあまあ、がいちばんじゃねえか。……おっ、おれの分には薬が入ってるな」

安東はそう言って、厨のほうを見た。

時吉は笑みを返した。

安東の飯にだけは、味醂という薬を回しかけておいた。

「うん、甘え。……いろんな具が寄り合って、江戸の町みてえな按配じゃねえか」

「うめえこと言うなあ、旦那」

「なら、いっそのこと町飯《まちめし》にしちまえばいいだろ」

駕籠かきが思いつきで言った名前が、そのうち本当に貼り紙になった。

町飯や寄り合へばこのあたたかさ

おちよの発句まで添えられていた。

膳には金目鯛の煮つけが載っていた。さすがに尾頭つきではなく、切り身の煮つけだが、旬の魚だから存分にうまい。

これに豆腐と葱の味噌汁がつく。さっぱりとした味わいの白味噌仕立てだ。

「邪魔したな、旦那」

「もうひと稼ぎだ」

駕籠かきたちがさっと席を立った。

「毎度ありがたく存じます」

おちよの声が響く。

「ありがたく、そんじまちゅ」

千吉まで礼を言った。

それやこれやで、しばらくばたばたしていたが、ようやくかき入れどきの客の波が引いた。

あんみつ隠密は、空いたところですぐ檜の一枚板の席に移ってきた。

ほどなく、隠居が姿を現した。萬屋の子之吉も来た。一枚板の席は腰を据えて呑む雰囲気に変わった。

小田原のはまやで信次に会ってきた話を、安東はかいつまんで話した。おたきに首尾よく再会し、信次が老舗の厨に入ったところでは、みながこぞって愁眉《しゅうび》を開いた。

ただし、娘のおたえが出水で亡くなっていたと告げられると、少ししんみりとした雰囲気になった。

「これで娘さんも無事だったら、言うことはなかったんだがね」

隠居が言った。

「形見の櫛を肌身離さず持ってるよ、おとっつぁんは」

あんみつ隠密はそう告げると、心持ち目をすがめて猪口の酒を呑んだ。

「何よりの供養ですね」

いつも背筋が伸びている質屋がうなずく。

「そのうち、ここへ御礼に来るって言ってたぜ。はまやも繁盛してるみたいだから、いつになるか分からねえが」

「そうですか。とにかく、落ち着いてほっとしました」

おちよが胸に手をやった。

あんみつ隠密が来るのに合わせたわけではないが、前の晩から小豆《あずき》を水につけておいた。小豆は甘いものばかりでなく、酒の肴にもいろいろ使うことができる。

時吉はさっそく章魚の小倉煮を出した。

鍋にぶつ切りにした章魚の足と小豆を入れ、煮立ってきたらていねいにあくを取る。それから酒を加え、章魚と小豆がやわらかくなるまでじっくりと煮る。

味つけは醬油と砂糖と味醂だ。さっと煮立てて火を止め、そのまま何もせずに味を含ませれば出来上がりだ。

「いいねえ、かみ味が違って」

隠居がうなった。

「章魚は身も味もやわらかいですね」

質屋のあるじが和す。

「小田原の夫婦みてえだな」

謎をかけるように、あんみつ隠密が言った。

「そのココロは？」

おちよが問う。

「信次さんのほうが小豆だな。ひと晩水につかって、やっとやわらかくなった。その小豆を、章魚の女房がうまい具合に包みこんでる」

「なるほど。うまいことを言うねえ、旦那」

隠居はそう言って、また鉢に箸を伸ばした。

「小豆はもうひと品、変わった料理にしてみました。そろそろ頃合いになってると思いますが」

時吉は厨の鍋をちらりと見た。

「ほう、甘えのかい？」

安東が身を乗り出したから、またのどか屋に和気が満ちた。

「煮物にしては、甘めの味つけになってると思います」

「ほう、小豆と何を煮たんだい」

「それは、見てのお楽しみということで」

時吉はそう言って笑みを浮かべた。

三

ややあって、そろいの半纏姿の男たちがのれんをくぐった。

背には、丸に「よ」と染め抜かれている。

なじみのよ組の火消し衆だ。

「おう、ゆき、またでかくなったな。纏《まとい》にしてやろう」

纏持ちの梅次《うめじ》が柄のある白猫をひょいと持ち上げ、宙にかざしてゆらしはじめた。

ついこないだまで子猫だったような気がする猫は、きょとんとした目でゆられている。嫌がる猫もいるが、ゆきはまんざらでもなさそうだった。

時吉が出した「見てのお楽しみ」は、蓮根の穴に小豆を詰めた珍しい煮物だった。

皮をむいてゆでておいた蓮根の穴に、小豆を順々に詰めていく。ぎゅうぎゅうに詰まったら、だしに醤油と味醂を入れた地でじっくりと煮含めていく。

「ほう、小豆まで切れるわけだね」

隠居が感心したように言った。

「やわらかくなってますから」

と、時吉。

「ほっこりとした味に仕上がってます」

寡黙な質屋も笑みを浮かべた。

「うん、蓮根と小豆の甘みが活《い》きてる」

あんみつ隠密もうなずいた。

料理は座敷の火消し衆に好評だった。

「粋なことをしてくれるじゃねえか」

「穴をふさいでるんだから、こいつぁ縁起物だね」

「これには名があるのかい?」

かしらの竹一がおちよにたずねた。

「さあ、小倉《おぐら》蓮根かしら」

おちよは厨の時吉のほうを見た。

「とくに決まってないんだ。小豆が入ってるから、小倉を入れるのが常道だが」

時吉の答えを聞いて、座敷の火消し衆がさっそく案を出しはじめた。

「蓮根は千坊の好物だ。いまもうまそうに食ってら」

梅次が千吉を指さした。

「あなあな、に、おまめが、いっぱい」

ひと切れもらった千吉は、さっそくおいしそうに食べだしていた。

「だから、千吉煮はどうだい？」

「ええ、うちの人とも相談してたんですが、千吉の名をつけるのはずっとあとでいいだろうって」

「ほう」

「千吉が大きくなったら、包丁を握って料理をつくるようになるかもしれません。そのときに、この子が自信をもってお出しできる煮物に千吉煮という名をつければいいんじゃないかと」

おちよが言うと、火消しのかしらは感心したようにひざを打った。

「なるほど、楽しみは先に取っておこうっていうわけだな」

「ええ、まあ」

おちよはそう答えてわが子を見た。

蓮根からほじくり出した小豆をお手玉の代わりにして遊んでいる。

「食べ物で遊んじゃいけませんよ、千吉」

「だって、おかあ……」

「だって、じゃありません。食べ物は遊ぶものじゃないよ」

だんだん我《が》が強くなってきて、よく口答えをするようになったわが子に向かって、おちよはさとすように言った。

このあたりは、ちゃんと了見《りようけん》してもらわなければ困る。

「で、この料理の名前はどうするよ？」

「なら、つづめて、あずれん、で」

「それじゃ、何の料理か分かんねえや」

座敷の火消し衆は、料理を口に運びながら話を続けた。

「普請煮、ってのはどうだい」

「何の普請だい」

「道普請さ。穴だらけの道を、うまい具合に小豆がふさいでくれてるじゃねえか」

「ああ、なるほど。ただ、ちょいと分かりにくいような気もするな」

火消し衆の一人が首を傾げた。

「なら、いっそのこと、隠密煮ってのはどうだい」

一枚板の席から振り向いて、ほかならぬあんみつ隠密が言った。

「隠密自らのご命名ですかい」

「ちと声が高えな、かしら」

安東が唇の前に戸を立てるしぐさをした。

よ組の面々にはかつて働いてもらったことがある。安東の裏の顔は知れていた。

隠密仕事にたずさわる黒四組の組頭と言っても、手下がたくさんいるわけではない。むしろ、ほうぼうに声をかけて、うまく手綱を取って人を馬のごとくに御《ぎょ》していくのがつとめだった。

なかには、人たらし、と陰口をたたく者もいるらしいが、それもこれもお役目のためだ。

「で、隠密煮のいわれは？」

隠居がたずねた。

「普通は入らねえ穴に入って、いろいろ探ってるんだ。それで、この世にあいた穴を一つずつふさいでいく」

安東は芝居がかった所作をまじえて言った。

「恰好いいねえ」

「さすがは、旦那」

大向こうならぬ座敷から声が飛ぶ。

「なら、隠密煮でいきましょう」

時吉が笑顔で言った。

「で、こたびの穴は首尾よくふさがったんでしょうか」

下げものの途中で、おちよが声を落としてたずねた。

「ああ。小田原へもう一度行ったので、雑魚《ざこ》まで網にかけてやった」

あんみつ隠密が得意げに言う。

「そしたら、もう小田原へ行く御用はないんですね」

おちよが小首をかしげる。

「信次さんのことかい？」

それと察して、安東は問うた。

「ええ」

「江戸見物に来るって言ってたんだ。そのうち、のれんをくぐるだろうよ」

あんみつ隠密は、また身ぶりをまじえて答えた。

四

ほどなく、あんみつ隠密と質屋のあるじが腰を上げ、火消し衆も早めに切り上げてのどか屋をあとにした。

「おやおや、古い置物だけが残ってしまったよ」

隠居はそう言って笑ったが、見世が寂しくなったのはほんのつかの間のことだった。

大工衆がのれんをくぐってくれたと思ったら、湯屋のあるじもふらりと顔を見せた。

のどか屋はまたにぎやかになった。

時吉は次の肴を出した。

南瓜と小豆のいとこ煮だ。煮えにくいものから「甥甥《おいおい》」入れていくところからその名がついた。

「さきほどまで、甘え、の旦那がいたんだが、これも甘みがうまく響き合ってるね」

隠居が言う。

「うん、甘え」

寅次が大仰《おおぎょう》に怖い顔をつくってみせたものだから、千吉が急に泣きだした。

「おお、こりゃすまねえ」

寅次はおろおろして言った。

「湯屋のおいちゃんだよ。安東さまの真似が怖かったかい。悪い悪い」

「おっきくなったと思っても、まだわらべだねえ」

「よっぽど怖かったらしいや」

「次の湯屋代はただだな」

大工衆がさえずる。

「なら、おとうがいいものを切ってやろう」

時吉が声をかけた。

「ほら、行っといで、千ちゃん。おとうがいいものをくれるって」

おちよがうながすと、何を勘違いしたのか、見世の隅でじゃれていた猫たちがわらわらと厨に向かった。

少し遅れて、曲がった左足を器用に動かしながら千吉が続く。

「おまえらの食べるものじゃないぞ」

のどかを先頭に、しっぽをぴんと立ててやってきた猫たちに言うと、時吉はほどよく粗熱が取れて切りやすくなった煮物を取り出した。

「ほほう……」

　手元をのぞきこんでいた隠居が声をあげた。

「お客さんに出すから、ひと切れだけだぞ。これで機嫌を直しな」

　時吉はそう言って、小皿を息子に渡した。

「うず……うずうず」

　泣いたからすがもう笑う。

　一方、猫たちはどこか片づかないような顔つきをしていたから、おちよが猫じゃらしを振ってやった。ほつれた古い帯を細く切って鈴をつければ、ちょうどいい猫じゃらしになる。

「うず、って何だい」

「千坊から判じ物が出たぜ」

　厨が見えない座敷の大工衆が首をひねった。

「これです。……ちよ、猫はそのへんで」

「あいよ」

　と答えて、おちよが皿を運んでいった。

「大根と油揚げの鳴門巻《なるとま》きでございます」

一枚板の席の客には、時吉がその手で出した。

「なるほど、鳴門の渦巻きだ」

寅次が両手をぽんと打ち合わせた。

油揚げを開いて油抜きをし、ほどよい長さに切る。それに合わせて大根をかつらむきにする。半寸ほどの厚さだから、薄すぎるということはない。歯ごたえを残すように厚めにむく。

ゆでた人参を芯にして、重ねた油揚げと大根をくるくると巻きこんでいく。これを干瓢で止め、じっくりと煮る。だしと醬油と味醂、それに命のたれを少し、いつものほっとする味だ。

味がしみたところで火から下ろし、粗熱が取れるのを待つ。それから切ると、あざやかな渦巻きが現れるのだった。

「こりゃあ、手わざだねえ」

寅次がうなる。

「食べてもうまいじゃないか。油揚げと大根のかみ味の違いが絶妙だね」

隠居も太鼓判を捺した。

「うん、うめえ」

「渦巻きって言うより、年輪だな」

「おいらもそう思った」

木に親しんでいる大工衆が言った。

「いっそのこと、年輪煮にしてやろう」

「そいつぁいい。年輪を食ったら寿命が延びるぞ」

「ありがてえこった」

座敷の客は勝手に話をまとめてしまった。

「町飯、隠密煮、年輪煮……どんどんお料理が増えていくわね」

おちよが歌うように言った。

「それがのどか屋だよ」

岩本町のお祭り男があおる。

「なら、ご隠居、ここで『年輪』で一句」

おちよが水を向けた。

「えっ、いきなりかい」

隠居が猪口を置いた。

「よっ、ご隠居」

「のどか屋の守り神」

「そりゃ、猫のほうだろう」

座敷の声が静まったところで、隠居は空咳をしてから思いついたばかりの発句を披露した。

年輪の一枚板の温《ぬく》みかな

「この板には年輪が浮いていないし、『温み』は季違《とき》いなんだがね」

隠居はあまり気に入っていないようだったが、評判は上々だった。

「さすがはご隠居」

「発句のつくり手にも年輪があるからねえ」

「なんだか、こっちまであったかくなってきたよ」

その声が落ち着いたところで、今度は隠居がおちよに言った。

「では、いまの発句にうまく付けておくれ、おちよさん」

「えっ、わたし？」

「そりゃそうさ。師匠が言えば、弟子が応えなきゃ」

隠居の声に、見世の客がわく。

「おかあ、しっかり」

すっかり機嫌を直した千吉がかわいい声をあげたから、のどか屋にまた和気が満ちた。

「なら、『年輪の一枚板の温みかな』に付けまして……」

おちよは厨のほうをちらりと見てから続けた。

「ほっこりうまい小料理の幸《さち》」

その言葉を待っていたかのように、時吉が次の肴を出した。

「お待ちどおさまです」

一枚板の上で、できたての料理がふわりと湯気を立てた。

第十章　鯛づくし

一

大晦日になった。

終いの日まで、のどか屋は千客万来だった。しかし、昼の膳はいささか風変わりだった。普段は出ないものが供されていた。

「これなら、毎日でも食いてえな」

「おう、ほかの見世にも引けは取らねえや」

「大晦日だけとはもったいねえ」

客は口々に言った。

「なにぶん、手間がかかりますもので。勘弁してくださいまし」

時吉がわびた。

「町内にもお見世が二、三軒ありますからね」

おちよも和す。

「でも、たまには食いてえやね、こいつを」

客がそう言って箸で示したのは、蕎麦だった。

やはり晦日は年越し蕎麦だ。この日だけは蕎麦を食いたいという客の声に応え、初めてのどか屋でも出すことにした。

おちよの言うとおり、ここ岩本町にも蕎麦屋はあるのだが、帯に短し襷に長しで、評判はあまり芳《かんば》しくなかった。

そこで、のどか屋に声がかかった。

うまい蕎麦をぜひのどか屋で、というわけだ。

時吉は長吉屋でうどん打ちの手ほどきを受けたことがある。元は剣術で鳴らしていたから、腕っぷしに不足はない。

時吉が打ったうどんは、

「おれのうどんより、よっぽどこしがあってうめえや」

と、師匠が舌を巻くほどだった。

だが、うどんと蕎麦はまた難しさが違う。

十割蕎麦はしくじるかもしれないから、うどん粉をつなぎに二割使うことにした。いわゆる二八《にはち》蕎麦だ。

まず、むらなく二つの粉をまぜなければならない。ふるいを使っていねいにまぜ、水まわしという作業に移る。

のどか屋の井戸水には定評があるから、蕎麦打ちにももってこいだ。蕎麦粉に水が含まれると粘りが出てくる。初めは小さい粒にしかならないが、根気よくさほど力を入れずにかきまぜていると、少しずつ大きくまとまってくる。

水まわしが終わると、今度はくくりに移る。まとめながらていねいにこね、つややかな一つの玉にまとめていく作業だ。

麺打ちを教えるとき、師匠の長吉はこう言った。

「麺の生地《きじ》をこねるときは、目ン玉が二十二あると思いな。顔についてるやつだけじゃねえ。指の腹にも目ン玉がついてるつもりで、割れてるとこがねえかどうか見張りながらこねてやるんだ」

割れ目があると、麺を切ったときにそこだけ細くなってしまう。そういうところにまで気を使ってこねてやれば、つややかな玉になる。

しばらく寝かせてから麺棒でのばす。次の作業は「のし」だ。

あいにく場所がないから、厨の奥に板を敷いて行った。邪魔をしようとする猫たちをどけながら、生地の向きを巧みに変えて薄くのばしていく。

この技はうどんとさほど変わりがない。きれいな四角になれば打ち粉をふるい、屏風《びょうぶ》だたみにする。

「それにしても、初めて打った蕎麦とは思えねえな。きれいに細くそろってるじゃねえかよ」

「ほんとだよ。さっきから感心してたんだ。本職の蕎麦打ちだって、なかなかこうはいかねえ」

客はそう言ってほめたが、時吉は苦笑いを浮かべた。

「実は、切ったのはわたしじゃないんで」

「すると、おかみかい？」

「千坊だったら驚くぞ」

「猫ならもっと仰天すらあ」

そう言われた当の猫たちはきょとんとしていた。

「手先の仕事だけは器用なもので」

おちよが胸を張った。

「笹の飾り切りなんかも、とてもかないませんよ。蕎麦切りの小間板をほんの少し送りながら切る呼吸《いき》が、わたしよりちよのほうがずっとうまいもので」

時吉は女房を立てた。

麺切り包丁をいくらか斜めにすると、生地を押さえた小間板が横に動く。そこで切る。また斜めにする。小間板が動く。麺切りはこの繰り返しだ。

包丁を動かす手と、小間板を押さえる手。その二つの呼吸が合わないと、きれいにそろった細切りの蕎麦にはならない。

時吉はどうも力が入りすぎる。何度か試してみたが、こつがつかめないので、切りだけはおちよに任せた。

「おめえは、味は大ざっぱだが、手先の細工仕事だけはうめえな」

父の長吉もそれだけは認めている。

大晦日の膳は、年越しのかけ蕎麦もしくはもり蕎麦に、海老の天麩羅と鮪《まぐろ》の角《かく》造りをつけてみた。いくらも利にはならないのだが、そこはそれ、日頃のご愛顧にお応えしようというのどか屋の心意気だ。

鯛や平目や河豚《ふぐ》といった、身のこりこりした魚は薄造りに向くが、やわらかい鮪は角造りにしたほうが食べごたえが出る。

見た目も大きな賽子《さいころ》みたいで楽しい。細打ちの蕎麦と、どしっとした鮪の切り身、それに、尻尾がぴんと立った海老の天麩羅。三つが響き合ったのどか屋の膳を客は口々にほめた。

ただし、手打ち蕎麦と天麩羅では手間がかかる。それに、蕎麦切りはお運びをやっているおちよの仕事だ。見世の階段でのほほんと寝ている猫の手を本当に借りたいくらいの忙しさになった。

「相済みません。蕎麦が足りなくなってしまったので、あとお二人で終いにさせていただきます」

連れだってのれんをくぐってきた曲げものの職人衆に向かって、時吉が申し訳なさそうに言った。

「そりゃ間が悪かったな」

「どうするよ、二人しか食えねえって」

「そんな殺生《せっしょう》な」

職人衆は四人いた。これでは半分しか食べられない。

「虫拳《むしけん》で決めるか？」

職人の一人が言った。

じゃんけんの前に行われていた拳遊びだ。人差し指が蛇、親指が蛙、小指がなめくじ。蛙はなめくじ、なめくじは蛇、蛇は蛙に勝つ。

「二人食えなかったら後生が悪いぜ」

「そんな大げさな」

「早く決めねえと場所ふさぎだ」

と、年かさの職人が言ったとき、のどか屋ののれんを夫婦《めおと》とおぼしい二人の客がくぐった。

「おや、信次さん」

おちよが気づいて声をあげた。

小田原のはまやに落ち着いた信次が、再びのどか屋に姿を現した。

二

「ちょうど二人来た。かえって按配がいいや」

さっぱりした気性の職人が言った。

「そりゃ、どういうことで？」

信次がたずねた。

「今日の昼の膳は年越し蕎麦だったんだが、蕎麦があと二人でなくなるんだ。あんたら夫婦だろ？　だったら、終《しま》いものを食えばいい」

職人が譲る。

「いや、先に来てたんだから、それじゃ相済まねえ」

信次はあわてて手を振った。

「いいってことよ。四人で二つじゃ喧嘩になりかねねえ」

「ここで突っ立って虫拳をやるのもどうよ。わらべじゃあるまいし」

「かえってさっぱりしたぜ。よそで食うからよ」

「気にしねえでくださいましな」

職人衆は口々に言って出ていった。

のどか屋にゆかりのある二人だと察して、先客が一枚板の席を譲った。

「相済まねえことで」

信次は腰を低くして礼を述べた。

「おたきさんですね？　安東さまからお聞きしています」

おちよが笑顔で話しかけた。

「うちの人が大変お世話になりました」

おたきはていねいな礼をした。

その名のとおり、今日も片滝縞で梅幸茶《ばいこうちゃ》の品のいい着物をまとっている。

「お蕎麦はもりとかけ、どちらにいたしましょうか」

時吉がたずねた。

「なら、もりで」

「あたしも」

注文がそろった。

ほどなく、最後の膳が出された。

「承知しました」

「天つゆまで膳に載らないもので、つけ汁でお召し上がりください」

時吉が言うと、小田原から来た二人はさっそく箸をとった。

のどごしがよく、こしもある細打ちの蕎麦をたぐって啜り、からっと揚がった海老天をつけ汁にちょいとつけてから口に運ぶ。

「おいしい……」

おたきが笑顔で言った。

「箸休めが角造りとは豪勢だな」

信次がそう言って、あざやかな鮪を箸ではさんだ。

「お蕎麦湯をどうぞ」

おちよが湯桶を運んできた。

手間はかかるが、やはりもりには蕎麦湯が欠かせない。もう少しで麺がなくなる頃合いを見計らって出すのが骨法だ。

信次が先に膳を食べ終わり、蕎麦湯を呑み干してほっと息をついた。

それから、厨の様子を見てから立ち上がり、提げてきた包みを渡した。時吉もおちよも忙しそうだから、いままで渡しそびれていた。

「こりゃあ、小田原の浜仕事の干物でさ。金目とかいろいろ入ってますんで、食べてやってくださいまし」

「それはそれは、ありがたく存じます」

時吉が手をふいて受け取る。

「わざわざありがたく存じます」

おちよも礼を言う。

「甘い味醂干しもありますから、小さい子のお口にも合うかと」

板にしきりに何やら描いている千吉のほうを見て、おたきが言った。

「まあ、気を遣っていただいて」

そう答えた拍子に、おちよは気づいた。

信次が渡したのとはべつに、もう一つ中身が干物とおぼしい包みがあった。

「あとで浅草にもご挨拶へと」

おちよのまなざしを察して、信次が言った。

「おとっつぁんのところは、大晦日は早じまいのはずなんですが」

「さようですか。ご迷惑をおかけしたんで、ひと言謝りたいと思いまして、長吉屋さんの分も提げてきました」

信次は包みを軽く上げた。

「いまなら、まだ見世の中で打ち上げをしているでしょう」

かつては住みこみで修業をしていた時吉が言った。

「先に行ってらしたらいかがでしょう。おとっつぁん、だんだんお酒も回ってくるでしょうから」

おちよが水を向けた。

「どうする？」

信次がおたきにたずねた。

「あたしはどちらでも」

その答えを聞いて、信次は一つうなずいた。

「なら、先にわびを入れてきまさ」

料理人は引き締まった顔つきになった。

「今夜はお泊りで？」

おちよが問う。

「正月は見世が休みなもので、おたえに……娘にちょいと江戸見物をさせてやろうと思いましてね」

信次はふところにそっと手を当てた。

三

「そうかい、小田原からわざわざ出てきたのかい」

はまやの二人が席を立ってほどなくして、隠居が姿を現した。

さっそくおちよが仔細を告げると、きれいに白くなった眉が八の字なりにやんわりと崩れた。

「正月は江戸見物をと、娘さんの形見をふところに入れて」

肴をつくりながら、時吉が言った。

「そりゃあ、なによりだね。ずいぶん遠回りをしたけど、落ち着くところに落ち着いたじゃないか」

「険《けん》が取れて、いい顔つきをしてましたよ、信次さん」

「はまやという見世の水も合うんだろうね」

「ええ。若いあるじに頼られて、料理の教え甲斐があると言ってました」

「ほんとに、なによりだ」

隠居の表情がまたやわらいだ。

そうこうしているうちに、人情家主も店子たちをつれてやってきた。

野菜の富八をはじめとして、店子には棒手振りが多い。魚や貝、豆腐や納豆などを扱う者もいるから、のどか屋は仕入れに重宝《ちょうほう》していた。

柳原《やなぎわら》で古着や瀬戸物をあきなっている男もいる。掘り出し物の器があれば、おちよに声をかけてくれる。そういった人のつながりに支えられて、またこの町で新たな年を迎えられそうだった。

そんないつもの客たちに、時吉は次々に料理を出した。

海老芋の友煮《ともに》は、風の冷たい日には心にしみる一品だ。

旬の海老芋の皮をむいて面取りし、半刻ほど水にさらしておく。それから、米のとぎ汁で串が通るほどにまでゆでる。

ここまで下ごしらえをしてから、いよいよ味を含ませていく。

初めはだしと味醂だけだが、煮立った頃合いに干し海老を入れる。友煮の名がついたゆえんだ。これでぐっと味が深くなる。

さらに追い鰹をし、薄口醬油を入れて煮る。そして、何もせずに冷まして味を含ませていく。仕上げに針柚子《はりゆず》をつんもりと盛れば、なんとも上品でうまい肴の出来上がりだ。

「こりゃあ、見た目も結構だね。海老芋が白っぽく煮られていて、上に山吹色の針柚子がのってる。画《え》になる取り合わせじゃないか」

隠居が俳人らしい感心の仕方をした。

「米のとぎ汁で煮ると海老芋が白くなるんです」

と、時吉。

「蓮根は酢を入れて煮るんだったね」

源兵衛が言った。

「そうです。野菜によって白くするやり方が違ってきます」

「この煮物は薄口醤油を使ってるから、なおさら白さが引き立つね。それでいて、食べると海老の味がよく出てる。まいったね、こりゃ」

家主もうなった。

座敷の店子のなかに入ったら気を遣われるから、大晦日の今日は銭だけ出して好きに呑み食いさせている。源兵衛が慕われているわけがよく分かるふるまいだ。

「ちょいと小腹が空いてるんですがね。何かありますかい？」

座敷から富八が問うた。

「昼間はうめえ蕎麦を食ったぜ」

「二度ものれんをくぐってるのかよ、おめえ」

「当たり前《めえ》だ。のどか屋だったら、日に三度くぐってもいいぜ」

仲間がさえずる。

「鞍馬《くらま》ごはんか鯛茶漬けをお出しできます。小田原の土産にいただいた干物も茶漬けにできますが」

時吉はすぐさま答えた。

「鞍馬って、天狗《てんぐ》が入《へえ》ってるのか？」

「んなわけねえだろ」

「京の鞍馬は山椒の産地なので、そういう名がついてます。ちりめんじゃこと粉山椒を合わせた鞍馬煮をまぜこんだごはんです」

時吉が種を明かすと、われもわれもと手が挙がった。

ほどよくゆでて臭みを取ったちりめんじゃこをざるで冷まし、再び鍋に入れる。今度は水と酒でゆで、あくを取って味醂と砂糖を加える。

味の決め手は、二種類の醬油だ。

今度は薄口ではなく、濃口を加えて煮詰めていく。さらに、鍋底が見えるくらいの頃合いでたまり醬油を入れてまぜていく。これでいちだんと風味が増す。

煮詰まったところで浅い大皿に広げ、粗熱がとれたら粉山椒をまぜる。春には刻んだ木の芽を入れてもうまい。実山椒でもいい。

このままでも酒の肴にうってつけだが、飯にまぜると思わず笑みがこぼれるほどうまい。上にのせて食べてもいいし、茶漬けだっていける。

「こりゃあ、いくらでも胃の腑に入るな」

「うめえ」

「年の納めは鞍馬ごはんだぜ」

店子衆の評判は上々だった。

「なら、年納めはそれでもういいかい？」

一枚板の席から座敷のほうを振り向き、源兵衛が笑みを浮かべて問うた。

「するってえと、まだ豪勢な料理を出していただけるんで？」

「ただならいくらでも食いますよ、家主さん」

「ただ食いの胃の腑はべつにあるもんで」

調子のいい答えが返ってきた。

「では、鯛をお出ししましょう」

時吉は得たりとばかりに答えた。

これは源兵衛と打ち合わせておいた段取りどおりだった。

一年のあいだ、いろいろあったけれども、今年は大火や地震などもなく、何はともあれ息災《そくさい》で過ごせた。来年もみな元気で過ごせるように、大晦日にはいくらか豪勢な料理をという人情家主の心遣いだ。

いい鯛が入ったので、時吉は骨《こつ》蒸しにすることにした。これなら思わず歓声があがるだろう。

鯛の頭は豪快に梨割りにし、塩を振って半刻おく。ちょうど塩がまわったところで、湯を注いで霜降りにしてやる。

水に投じて冷まし、鯛の頭をきれいにして、いったん水気を切る。

盛り付けるのは、縁に五彩《ごさい》の唐草の入った大皿だ。

のどか屋では祝いごとでしか使わない、再興されたばかりの九谷《くたに》焼の名品だった。ほかは素朴な笠間《かさま》を好んでいるのだが、ここぞというときはあでやかな焼き物を用いる。

大皿に寝かせた鯛の上から、酒をふんだんにかけて蒸しあげる。筋のいい池田《いけだ》の下り酒だ。

蒸しあがる前に、付け合わせの具を入れてあたためる。豆腐にしめじに青菜だ。しめじと青菜は薄めに下味をつけておく。

「はい、お待ちどおさまでございました」

おちよが大皿を運ぶと、座敷が急ににぎやかになった。

「おお、活き造りだぜ」

「何言ってんだよ、どこが造りだ」

「こりゃあ、骨までやわらかい蒸し物だぞ」

「家主さん、ありがたく存じます」

「こんな豪勢なもん、おいら、食ったことがねえ」

「食い方が分かんねえや」

うるさいばかりの喜び方だった。

「この徳利につけ汁が入ってますので、薬味を添えて、身をほぐしながらお召し上がりください」

おちよが手際よく説明した。

薬味は刻んだ葱と大根おろし、つけ汁は煎酒《いりざけ》に命のたれと酢をいくらか加えたさっぱりしたものだ。

「わたしも輪に入りたいくらいだね」

「ご隠居にはこちらを」

「鯛茶だね」

「ええ。そろそろ頃合いですので」

時吉は煎茶の支度を始めた。

鯛茶漬けにもいろいろあるが、こたびは鯛の身を胡麻醤油につけてみた。

狐色になるまで香ばしく煎った胡麻を半ずりにし、醬油と味醂と酒でのばす。このつけ地に一寸ほどの厚さに切った鯛の身をつける。

「おめえにはやらねえぞ」

「猫の食うもんじゃねえやい」

「こら、あっちいけ」

「千坊ならいいぞ」

「目玉を食ってみるか？」

「そりゃあ、おいらが食うぜ」

「よくそんな気色《きしょく》悪いとこが食えるな」

「馬鹿言え、ここがうめえんだ」

相変わらず、座敷はにぎやかだ。

煎茶が入った。

熱い茶を注ぎ、あぶって細い短冊切りにした海苔を散らし、蓋をしてほどよく蒸らす。身がふわっと白くなった鯛茶に、おろしたての山葵を添えてすすめる。

「……うまい」

隠居がうなった。

「そのひと言ですね、ご隠居」

源兵衛も和す。

「海苔と胡麻と山葵だけでもうまいところだからね」

「鯛の身の味が、まさに絶品」

一枚板でも座敷でも、鯛づくしの料理は大好評だった。

そうこうしているうちに、日が西に傾いてきた。座敷の店子衆と一枚板の家主は腰を上げた。

「では、よいお年をお迎えください」

「今年一年、お世話になりました」

のどか屋の二人が見送る。

「鯛をいただいたから、おめで『たい』年になるでしょうよ」

人情家主のいくらか赤くなった顔が穏やかに崩れた。

四

「今日は早じまいだろうから、わたしもそろそろ」

隠居もゆっくりと腰を上げようとした。

そのとき、駕籠かきの掛け声が近づいてきた。

「信次さんたちかな？」

時吉がのれんのほうへ向かう。

「いや、駕籠で来るのは……」

と、おちよが察しをつけたとおりだった。

やがて止まった駕籠から下りてきたのは、長吉だった。

さらに、信次とおたきもうしろの駕籠から姿を現した。

「おう、千吉は起きてるか？」

すぐ孫の話をする。

「だいぶ顔が赤いわよ、おとっつぁん」

「そりゃあ、打ち上げだったからな」

足元もやや怪しくなっていた。

「おいらたちは歩いていくと言ったんですけど、駕籠をつかまえていただいて」

信次が申し訳なさそうに言った。

売り言葉に買い言葉で、勝手に長吉屋を飛び出してしまった信次だが、わびを入れて首尾よく仲直りができたらしい。

「いい顔になって帰《けえ》ってきたんだ。江戸では楽をして帰んな。……おっ、千吉、でかくなったな」

見世に入るなり、長吉は孫のほうへ両手を伸ばした。

「いま帰ろうとしたんだがね」

季川が笑う。

「まだ暗くなってませんや、ご隠居。もうちょっと呑みましょう。……ほら、高《たけ》え、高え」

「酔ってそんなことしたら危ないわよ」

おちよがあわててたしなめる。

「喜んでるじゃねえか」

そんな調子で、またのどか屋がにぎやかになった。

ただし、ここからは内輪だけにして、のれんはしまった。

「とりあえず、鞍馬ごはんと鯛茶ができます。鯛はあら煮もありますが、いかがいたしましょうか」

時吉がたずねた。

「うちでずいぶん呑み食いしてきたから、腹はいっぱいなんだ。酒なら……」

「だいぶ呑んでるんだから、そのへんにしときなさいな、おとっつぁん」

おちよがすかさず言った。

「死んだ女房にしゃべり方が似てきたな。おめえも大変だな、時吉」

長吉が苦笑する。

「うちの人はよそじゃ舌だめしばかりであんまり呑まないし、お酒に呑まれることもないですから」

おちよは時吉を持ち上げた。

「まあ、いいや。酔いざましのお茶漬けくらいなら胃の腑に入るだろう。飯を少なめでくれるか」

「承知しました。信次さんとおたきさんは？」

時吉が問う。

「頂戴します」

「ええ、いただきます」

小田原から来た二人は、笑顔でうなずいた。

しばらくは千吉のお手玉をみなで見物した。

「おう、うめえじゃねえか。じいじよりよっぽど上手だ」

長吉の目尻にいくつもしわが寄った。

「ほら、こんなこともできるのよ」

おたきはお手玉が得意で、目を瞠るような技をわらべに披露した。二つ同時にほうり上げて両手で受け、すぐさま左右を入れ替える。

「じょうず、じょうず」

千吉は上機嫌で手をたたいた。

猫たちも興味津々《しんしん》の体《てい》で、目をまるくしてお手玉の動きを見ている。

信次が口を開きかけてやめた。

(おたえにも、教えてやってたのかい?)

そんなことをたずねても仕方がない。悲しくなるだけだ。

「鯛茶ができました。お熱いうちにどうぞ」

時吉が声をかけた。

「おう」

短く答えて、長吉が一枚板に移る。

「ご隠居はいいんですかい？」

「わたしはもういただいたから。結構な鯛茶だったよ」

「さようですか」

千吉がもっともっととせがむから、おたきの分だけ座敷に運んだ。

一枚板の席に長吉と信次、それに隠居が並ぶ。

「うん、胡麻の煎り加減と海苔のあぶり具合がちょうどいい」

二口ほど食してから、長吉が言った。

「そこをほめるの、おとっつぁん」

「当たり前だ。鯛はまずかったらおかしいだろうが」

長吉は少しねじくれた答えをした。

「いい味が出てますね」

信次もうなる。

「ありがたく存じます」

時吉は厨から頭を下げた。

「わたしには鞍馬煮をおくれでないか。飯はいいから」

隠居が所望する。

「承知しました」

時吉はそう答えて、ふと表のほうを見た。

風が冷たいから、戸も閉めた。つるべ落としの日が沈んで、あっという間に暗くなってきた。今年ももう終わりだ。

「冷めないうちに召し上がってくださいね」

おちよがおたきに声をかけた。

「おてだま、もっと」

千吉が駄々をこねる。

「無理言っちゃいけませんよ、千ちゃん」

「お茶漬けを食べたら、またやってあげるからね」

「うん」

「いい子ね」

わらべの扱い方がうまいおたきは、千吉の頭をやさしくなでた。

「それにしても、ひと頃とは表情が様変わりしたね、信次さん」

隠居はそう言って、注がれた酒をちびりと呑んだ。

「おれも初めはだれか分からなかったんだ。ま、酔ってたってのもあるんだがな」

長吉は湯呑みに手を伸ばした。

酒はもう駄目だとおちよから言われたから、やむなく茶を啜っている。

「小田原へ行ってだいぶ心持ちが変わったので、そのあたりが顔に出ているのかもしれません」

信次が言った。

「どう変わったんだい」

長吉が問う。

「前は、江戸の町を歩きながら、『どうしておいらはこんなぼろいなりをしてるんだ。諸国を旅して、ほうぼうで包丁の修業を積んできたおいらのほうを、なんでだれも見ねえんだ。それにひきかえ、ろくに腕もねえ料理人がいい暮らしをしてるのはどういうわけだ』と、そんなことばかり考えてました。さぞかし暗い目つきをしていたことでしょう」

信次は茶ではなく、酒だ。

旅籠《はたご》は横山町《よこやまちょう》だから、さほど遠くない。猪口を干してから続ける。

「ところがいまは、『人は人じゃねえか。おいらはおいらの道を歩けばいい』と思えるようになりました。この歳になるまで、そんな当たり前のことが料簡《りょうけん》できなかったんだから、馬鹿ですね」

「人生の遠回りをした分、いい味が出るさ」

長吉の目尻にしわが寄った。

「ここにいる時吉だってそうだ。ずいぶんと遠回りをして、二本差しをやめて料理人になった。そういった苦労が味に出る。小田原で達者でやりな」

「はい……娘に食わせてやれなかったんで、その分、お客さんにうまい料理をお出ししていきたいと」

「いい心持ちだ」

長吉はうなずいた。

「はまやの若主人はいかがです？　腕は上がりましたか」

厨で洗い物をしながら、時吉はたずねた。

「ええ、ずいぶんとやる気になっていて、日に日に腕が上がってます。一度、根《こん》を詰めすぎて具合が悪くなったことがあるもので、気張りすぎるなとかえってまわりが抑えてるくらいで」

「そうですか。なら、安心ですね」

「小田原にお越しのときは、お立ち寄りください」

「それはぜひ。浜にも下りてみたいもので」

土産の干物を、時吉はちらりと見た。
遠く離れた海から、潮の香りがかすかに漂ってきたような気がした。

嬢ちゃん、いくつ
三つと二つ……

わらべ唄を口ずさみながら、おたきがまたお手玉を始めた。
千吉が笑う。
おちよも笑顔で手をたたく。
のどか屋の大晦日の夜は、こうして更けていった。

終章　浄土の光

一

明けて文政《ぶんせい》十二年（一八二九年）になった。

初詣《はつもうで》でにぎわう浅草寺《せんそうじ》の人波のなかに、信次とおたきの姿があった。

小田原から来た夫婦とすれ違った者は、ときおりけげんそうな顔つきになった。

無理もない。信次は若い娘が髷に挿すような櫛を手に持って、ほうぼうへかざしながら歩いていた。

「また変な顔をされたよ、あんた」

おたきがややあいまいな顔つきで言った。

「かまうもんか。ふところにしまったら、おたえが見えねえじゃないか」

信次はそう言って、鏡でも扱うように、またいくらか櫛の向きを変えた。

「ほら、おたえ、見な。あれが観音さまがいらっしゃる本堂だ。これからおとっつぁんとお参りするからな」

おたきはもう何も言わなかった。

ほどなく、十あまりの段を上り、観音さまを拝んで両手を合わせた。

（はまやが繁盛しますように。

達者で暮らせますように）

そんな願いに加えて、信次とおたきはもう一つの願いごとをした。口には出さなくても、心は通い合っていた。

（おたえが、また帰ってきますように……）

二人は同じことを願った。

本堂を出た信次とおたえは、しばらく参道を歩いた。

茣蓙を敷いて、さまざまなものを売っている。

飛んだりはねたり
面白い、面白い……

玩具をあきなっている年寄りが、そんな売り声をあげていた。言葉とはうらはら、あまり面白そうな顔つきではない。

竹棒をばねにして、ひょこひょこと飛び跳ねる玩具だ。名前はそのまま「飛んだりはねたり」、浅草寺の境内ではささやかな名物になっていた。

その前で、信次は足を止めた。

「おたえはもう大きいから」

おたきが言った。

「そうだな」

七つくらいの娘が、父の手を引いてやってきた。

「これ、ほしい」

髪はかむろの娘が、あどけない声で言う。

「おまえ、すぐこわすだろうが」

「ほしい、ほしい」

「しょうがねえな。大事にするんだぞ」

「うん」

玩具を買ってもらえることになった娘は、飛びきりの笑顔になった。

その様子を、信次はしばらくしみじみと見ていた。


浅草寺を出た二人は、待乳山《まっちやま》の聖天宮《しょうでんぐう》にもお参りすることにした。

ここも浅草寺の支配のうちで、男女の縁結びにご利益があるという評判だ。いたってながめもいいから、江戸のほうぼうからお参りに訪れる。

年の始めから、空は気持ちよく晴れわたっていた。元日の淑気《しゅくき》がそこはかとなく漂う青い空に、二つ、三つ……遠近《おちこち》に白い凧《たこ》が舞っている。

「ずいぶん遠くまで見えるわね、あんた」

いつもより華やいだ声でおたきが言った。

「ぼんやりしてるが、品川の沖のほうまでちらっと見えるな」

信次はそう答え、また櫛をかざした。

「あっちが小田原？」

はしゃいだ声で、おたきが指さす。

「ああ、そうさ」

おたきをぐっと若くしたら、出水で死んだおたえの姿そっくりになるのだろう。そう思うと、また急に胸が詰まった。

ここからは大川の水の流れが見える。光を集めて弾く盆のような海も見える。

恨みの水だ。おたえの命を奪ったのと同じ水がそこにある。

だが、そのたたずまいは美しかった。かつて多くの人の命を奪ったとは思えないほど美しかった。

まるで、浄土《じょうど》だ……。

光の盆のようにさざめく遠くの海を見ながら、信次はそう思った。

「きれいね」

と、おたきが言った。

「ああ……浄土みてえだ。あそこに浄土があるんだ」

信次は指さした。

おたきはいくたびも瞬きをした。

そして、声を落として言った。

「遠いね」

信次はちらりと櫛を見た。嫁に行くまでに死んでしまった娘の形見を見た。

「遠いな」

再び、彼方の海を見て答える。

「でも、あのときは帰ってきたよ。夢だったような気もするんだけど」

「夢じゃないさ」

信次はすぐさま首を横に振った。

「あいつは……帰《けえ》ってきた。たしかに、おとっつぁんのところへ帰ってきてくれた」

おたきはゆっくりとうなずいた。

風が吹く。

浅草の小高い丘を、正月の風が吹き抜けていく。

「見な」

信次は櫛を鏡のようにかざした。

あっちが浄土だ。

おめえのいるところだ。

見えるか？　おたえ。

父は心のうちで語りかけた。

ぞ。また逢おうな」

ややあって、情に濡れた声で、信次は言った。

「おとっつぁん、好きなものを何だってつくってやるからな。きっと帰ってくるんだ

「また、来いよ」

櫛をかざす手がわずかにふるえた。

おたきは答えなかった。

片滝縞の着物の袖を目に当てて泣いていた。

二

同じころ――。

のどか屋の時吉とおちよは出世不動にいた。

もちろん、千吉も一緒だ。岩本町から鎌倉河岸《かまくらがし》の近くまで、時吉が背負ってつれてきた。

富岡八幡宮などの大きな社《やしろ》へ初詣に行くことも考えたのだが、おちよがどうあっても出世不動へお参りに行きたいと言った。おちよには妙に勘が鋭いところがあるから、

時吉もあえて異は唱えなかった。

かつての大火で焼け出されてしまったが、このあたりは昔の縄張りみたいなものだから、折にふれて知った顔に会う。

名利を求めない医者の青葉清斎《あおばせいさい》先生と、その妻で千吉を取り上げてくれた産科医の羽津《はつ》にも、往来でばったり会った。

二人は千吉の足を進んで診てくれた。

「診るたびに良くなっていますね。筋が太くなって、ひざに力が入るようになってきました」

清斎は笑顔で言った。

「この調子なら、ゆっくり走れるようになるかもしれません」

羽津も和す。

「そんな無理はしないほうがいいでしょう。しかし、かなり重い鍋でも持って歩けるようになるのじゃないでしょうか」

見知り越しの医者は、うれしいことを言ってくれた。

鎌倉町の半兵衛《はんべえ》親分にも会った。

相変わらずの様子の良さで、雪駄《せった》や根付《ねつけ》の色合いまで着物と帯の色と響かせている。

それでいて決して派手ではない小粋な洒落《しゃれ》ぶりだった。

「坊もご機嫌よろしゅうに」

親分は千吉の頭を軽くなでた。

「では、御免くださいまし」

鎌倉町の洒落男は、ほれぼれするような身のこなしできびすを返した。

それやこれやで、ようやくお参りになった。

もっとも、小さな社だ。前にはだれも並んでいなかった。

「ほら、千ちゃん、おかあと一緒にお参りしましょ」

おちよがうながした。

「うん」

千吉がこくりとうなずく。

「『岩本町ののどか屋の千吉です』って名前を言って、お不動さまに願いごとをするの。おかあとおとうがお手本を見せてあげるから」

というわけで、先に時吉とおちよが両手を合わせた。

時吉は無病息災を願った。身内だけではない。のどか屋ののれんをくぐってくれるお客さんが達者で楽しく暮らせるように、とそれだけを専一《せんいつ》に願った。

願いごとを終え、目をあけたおちよは、いくらかあいまいな顔つきになった。

江戸の町に災いが起きませんように……。

最後にそう願ったとき、妙な胸さわぎがしたのだ。

前にもいくたびか同じことがあった。虫が知らせるのだ。

「どうかしたか？」

それと察して、時吉がたずねた。

「い、いえ……ここでのどかに再会したなって思い出して」

おちよは笑顔をつくった。

「ああ、そうだったな。前に焼け出されたとき、のどかがいなくなったのであきらめかけていたら、しゃらんと鈴の音が響いたんだ」

時吉も思い出した。

「……おねがいします」

千吉がそう言って、ぎこちない礼をした。

「えらいね、千ちゃん。何をお願いしたの？」

おちよがたずねた。

千吉はちょっと胸を張って答えた。

「のどか屋が、はやりますように、って」

その答えを聞いて、時吉も笑った。

「そうだな。のどか屋がはやらないと、おまえもおまんまが食えないからな」

「うん。……あっ、ねこ」

千吉が指さした。

茶と白の縞のある猫が、出世不動の鳥居の陰からささっと駆け寄ってきた。

前は「にゃーにゃ」だったのに、いつのまにか呼び名が「ねこ」に変わった。

「ちのにそっくりだけど、しっぽが長いわね、あの子」

おちよが指さす。

「そういえば、ここでのどかを見つけたとき、あいつ、初めての子を身ごもっていたんだよな」

時吉はなつかしそうな顔つきになった。

「そうだったわね。そののどかが、いまやいいおばあちゃんだから」

「気だけは若いけど」

「うちの守り神だから。……あっ、千吉、いじめちゃ駄目よ」

おちよが小言《こごと》を言うときは、「千ちゃん」ではなく「千吉」とあらたまる。

「だいじょうぶ」

千吉はそう言って、ごろりところがって腹を見せた人なつっこい猫の腹を手でなではじめた。

「そうそう、いい子いい子しておあげ」

おちよがやさしく手を動かすしぐさをした。

「いい子いい子」

千吉が真似をした。

そして、顔を上げると、おとうのほうを見て、にこっと笑った。

［参考文献一覧］

志の島忠『割烹選書　酒の肴 春夏秋冬』（婦人画報社）
志の島忠『割烹選書　秋の献立』（婦人画報社）
志の島忠『割烹選書　冬の献立』（婦人画報社）
志の島忠『割烹選書　椀ものと箸洗い』（婦人画報社）
志の島忠『割烹選書　四季の一品料理』（婦人画報社）
志の島忠『割烹選書　鍋料理』（婦人画報社）
志の島忠『割烹選書　むきものと料理』（婦人画報社）
小松崎剛『日本料理技術選集　椀もの』（柴田書店）
小倉久米雄『日本料理技術選集　魚料理上』（柴田書店）
小倉久米雄『日本料理技術選集　魚料理下』（柴田書店）
石川辰雄『日本料理技術選集　焼きもの』（柴田書店）

板前新三『日本料理技術選集　炊合せ』(柴田書店)
関口耕司『日本料理技術選集　箸やすめ』(柴田書店)
宮島亀吉・関口耕司『日本料理技術選集　鶏・卵料理』(柴田書店)
獅子倉祖憲『日本料理技術選集　精進料理』(柴田書店)
西宮利晃『日本料理技術選集　貝料理』(柴田書店)
五十里政彦・小坂禎男『日本料理技術選集　饗宴料理』(柴田書店)
粂原桂蔵・小松崎剛『日本料理技術選集　五節句料理』(柴田書店)
薩摩卯一・植原路郎『日本料理技術選集　そばの本』(柴田書店)
『別冊家庭画報　人気の日本料理2　一流板前が手ほどきする春夏秋冬の日本料理』(世界文化社)
畑耕一郎『プロのためのわかりやすい日本料理』(柴田書店)
鈴木登紀子『手作り和食工房』(グラフ社)
『和幸・高橋一郎のちいさな懐石』(婦人画報社)
『和幸・高橋一郎の酒のさかなと小鉢もの』(婦人画報社)
『和幸・高橋一郎のいろいろご飯』(婦人画報社)
栗山善四郎・小林誠『江戸の老舗八百善　四季の味ごよみ』(中央公論社)

野崎洋光『和のおかず決定版』（世界文化社）
金田禎之『江戸前のさかな』（成山堂）
本山荻舟『飲食事典』（平凡社）
料理＝福田浩、撮影＝小沢忠恭『江戸料理をつくる』（教育社）
藤井まり『鎌倉・不識庵の精進レシピ　四季折々の祝い膳』（河出書房新社）
島崎とみ子『江戸のおかず帖　美味百二十選』（女子栄養大学出版部）
小山裕久『日本料理でたいせつなこと』（光文社知恵の森文庫）
『道場六三郎の教えます小粋な和風おかず』（NHK出版）
監修／難波宏彰、料理／宗像伸子『きのこレシピ』（グラフ社）
汲玉『楽々きのこレシピ』（笠倉出版社）
松下幸子『図説江戸料理事典』（柏書房）
車浮代『〝さ・し・す・せ・そ〟で作る〈江戸風〉小鉢＆おつまみレシピ』（PHP研究所）
大久保恵子『食いしんぼの健康ごはん』（文化出版局）
村田吉弘『割合で覚える和の基本』（NHK出版）
浪川寛治『蕎麦百景』（三一書房）

新島繁『蕎麦の事典』（講談社学術文庫）
白倉敬彦『江戸の旬・旨い物尽し』（学研新書）
土井勝『日本のおかず　五〇〇選』（テレビ朝日事業局出版部）
料理・志の島忠、撮影・佐伯義勝『野菜の料理』（小学館）
料理・松永佳子、写真・西村浩一『京のおばんざい１００選』（平凡社）
『笠原将弘の30分で和定食』（主婦の友社）
福田浩・松藤庄平『完本大江戸料理帖』（新潮社）
辻義一『辻留料理塾　だれでもできる和食の基本』（経済界）
『クッキング基本大百科』（集英社）
『串もの』（グラフ社）
『味づくり「自分流」　そば・うどん「麺打」入門』（豊稔企販・ＤＶＤ）
『復元江戸情報地図』（朝日新聞社）
今井金吾校訂『定本武江年表』（ちくま学芸文庫）
明田鉄男編『江戸10万日全記録』（雄山閣）
北村一夫『江戸東京地名辞典　芸能・落語編』（講談社学術文庫）

市古夏生・鈴木健一校訂『新訂江戸名所図会』（ちくま学芸文庫）
菊地ひと美『江戸衣装図鑑』（東京堂出版）
花咲一男監修『大江戸ものしり図鑑』（主婦と生活社）
東海道ネットワークの会21『決定版東海道五十三次ガイド』（講談社＋α文庫）
松井信義監修『知識ゼロからのやきもの入門』（幻冬舎）

時代小説
二見時代小説文庫

心《こころ》あかり　小料理《こりょうり》のどか屋《や》 人情帖《にんじょうちょう》11

著者　倉阪鬼一郎《くらさかきいちろう》

発行所　株式会社 二見書房
東京都千代田区三崎町二-一八-一一
電話　〇三-三五一五-二三一一［営業］
　　　〇三-三五一五-二三一三［編集］
振替　〇〇一七〇-四-二六三九

印刷　株式会社 堀内印刷所
製本　ナショナル製本協同組合

落丁・乱丁本はお取り替えいたします。
定価は、カバーに表示してあります。

 ISBN978－4－576－14097－1
http://www.futami.co.jp/

人生の一椀 小料理のどか屋 人情帖1
倉阪鬼一郎［著］

もう武士に未練はない。一介の料理人として生きる。一椀、一膳が人のさだめを変えることもある。剣を包丁に持ち替えた市井の料理人の心意気、新シリーズ！

倖せの一膳 小料理のどか屋 人情帖2
倉阪鬼一郎［著］

元は武家だが、わけあって刀を捨て、包丁に持ち替えた時吉の「のどか屋」に持ちこまれた難題とは…。心をほっこり暖める時吉とおちよの小料理。感動の第2弾

結び豆腐 小料理のどか屋 人情帖3
倉阪鬼一郎［著］

天下一品の味を誇る長屋の豆腐屋の主が病で倒れた。このままでは店は潰れる。のどか屋の時吉と常連客は起死回生の策で立ち上がる。表題作の外に三編を収録

手毬寿司 小料理のどか屋 人情帖4
倉阪鬼一郎［著］

江戸の町に強風が吹き荒れるなか上がった火の手。店を失った時吉とおちよは無料炊き出し屋台を引いて復興への一歩を踏み出した。苦しいときこそ人の情が心にしみる！

雪花菜飯《きらずめし》 小料理のどか屋 人情帖5
倉阪鬼一郎［著］

大火の後、神田岩本町に新たな店を開くことができた時吉とおちよ。だが同じ町内にけれん料理の黄金屋金多が店開きし、意趣返しに「のどか屋」を潰しにかかり…

面影汁 小料理のどか屋 人情帖6
倉阪鬼一郎［著］

江戸城の将軍家斉から出張料理の依頼！ 隠密・安東満三郎の案内で時吉は江戸城へ。家斉公には喜ばれたものの、知ってはならぬ秘密の会話を耳にしてしまった故に…

居眠り同心 影御用　源之助 人助け帖
早見俊［著］
凄腕の筆頭同心がひょんなことで閑職に……。暇で暇で死にそうな日々に、さる大名家の江戸留守居から極秘の影御用が舞い込んだ！　新シリーズ、第1弾！

朝顔の姫　居眠り同心 影御用2
早見俊［著］
元筆頭同心に御台所様御用人の旗本から息女美玖姫探索の依頼。時を同じくして八丁堀同心の不審死が告げられた。左遷された凄腕同心の意地と人情。第2弾！

与力の娘　居眠り同心 影御用3
早見俊［著］
吟味方与力の一人娘が役者絵から抜け出たような徒組頭次男坊に懸想した。与力の跡を継ぐ婿候補の身上を探れ！「居眠り番」蔵間源之助に極秘の影御用が…！

犬侍の嫁　居眠り同心 影御用4
早見俊［著］
弘前藩御馬廻り三百石まで出世した、かつての竜虎と謳われた剣友が、妻を離縁して江戸へ出奔。同じ頃、弘前藩御納戸頭の斬殺体が、柳森稲荷で発見された！

草笛が啼《な》く　居眠り同心 影御用5
早見俊［著］
両替商と老中の裏を探れ！北町奉行直々の密命に居眠り同心の目が覚めた！同じ頃、母を老中の側室にされた少年が江戸に出て…。大人気シリーズ第5弾

同心の妹　居眠り同心 影御用6
早見俊［著］
兄妹二人で生きてきた南町の若き豪腕同心が濡れ衣の罠に嵌まった。この身に代えても兄の無実を晴らしたい！血を吐くような娘の想いに居眠り番の血がたぎる！

二見時代小説文庫

殿さまの貌《かお》 居眠り同心 影御用7

早見俊［著］

逆袈裟魔《ぎゃくげさま》出没の江戸で八万五千石の大名が行方知れずとなった！元筆頭同心で今は居眠り番と揶揄される源之助のもとに、ふたつの奇妙な影御用が舞い込んだ！

信念の人 居眠り同心 影御用8

早見俊［著］

元筆頭同心の蔵間源之助に北町奉行と与力から別々に二股の影御用が舞い込んだ。老中も巻き込む阿片事件！同心の誇りを貫き通せるか。大人気シリーズ第8弾

惑《まど》いの剣 居眠り同心 影御用9

早見俊［著］

元筆頭同心で今は居眠り番、蔵間源之助と岡っ引京次が場末の酒場で助けた男は、大奥出入りの高名な絵師だった。これが事件の発端となり…。シリーズ第9弾

青嵐《せいらん》を斬る 居眠り同心 影御用10

早見俊［著］

暇をもてあます源之助が釣りをしていると、暴れ馬に乗った瀕死の武士が…。信濃木曽十万石の名門大名家に届けてほしいと書状を託された源之助は……。

風神狩り 居眠り同心 影御用11

早見俊［著］

源之助の一人息子で同心見習いの源太郎が夜鷹殺しの現場で捕縛された。濡れ衣だと言う源太郎。折しも街道筋を盗賊「風神の喜代四郎」一味が跋扈していた！

嵐の予兆 居眠り同心 影御用12

早見俊［著］

居眠り同心の息子源太郎は大盗賊「極楽坊主の妙蓮」を護送する大任で雪の箱根へ。父の源之助には妙蓮絡みで奇妙な影御用が舞い込んだ。同心父子に迫る危機！

七福神斬り　居眠り同心 影御用13

早見俊［著］

元普請奉行が殺害され亡骸には奇妙な細工！　向島七福神巡りの名所で連続する不思議な殺人事件。父源之助と新任同心の息子源太郎による「親子御用」が始まった。

名門斬り　居眠り同心 影御用14

早見俊［著］

身を持ち崩した名門旗本の御曹司を連れ戻す単純な依頼に、一筋縄ではいかぬ深い陰謀が秘められていた。事態は思わぬ展開へ！　同心父子にも危険が迫る！

朱鞘《あかさや》の大刀　見倒屋《みたおしや》鬼助《きすけ》事件控1

喜安幸夫［著］

浅野内匠頭の事件で職を失った喜助は、夜逃げの家へ駆けつけて家財を二束三文で買い叩く「見倒屋」の仕事を手伝うことになる。喜助あらため鬼助の痛快シリーズ第一弾！

公事宿《くじやど》 裏始末　火車《かしや》廻る

氷月葵［著］

理不尽に父母の命を断たれ、名を変え江戸に逃れた若き剣士は、庶民の訴証を扱う公事宿で絶望の淵から浮かび上がる。人として生きるために……。新シリーズ！

公事宿 裏始末2　気炎立つ

氷月葵［著］

江戸の公事宿で、悪を挫き庶民を救う手助けをすることになった数馬。そんな折、金持ちしか相手にせぬ悪名高い四枚肩《しまいかた》の医者にからむ公事が舞い込んで……。

公事宿 裏始末3　濡れ衣奉行

氷月葵［著］

材木石奉行の一人娘・綾音は、父の冤罪を晴らさんと、公事師らと立ち上がる。牢内の父からの極秘の伝言は、濡れ衣を晴らす鍵なのか!?　大好評シリーズ第3弾！